Jana Beek

Stadtunterwelt

Roman

Bibliographische Information der Deutschen Nationalbibliothek: Die Deutsche Nationalbibliothek verzeichnet diese Publikation in der Deutschen Nationalbibliographie, detaillierte bibliographische Daten sind im Internet über dnb.de abrufbar.

TWENTYSIX
Eine Marke der Books on Demand GmbH

Herstellung und Verlag:
BoD – Books on Demand, Norderstedt

ISBN: 9783740734428

Cover: Jana Beek

„In fünfzehn Minuten bin ich da", las Juri auf seinem Taschencomputer und steckte diesen wieder ein.

Bald würde Marc, ein Mitarbeiter der Stadtverwaltung Mela, vor der Tür stehen, damit sie besprechen konnten, wie es mit dem Stadtmuseum weiterging. Juri lief unruhig in der Sammlung auf und ab. Er wusste nicht, ob er sich auf dieses Treffen freuen sollte oder nicht. Einerseits konnte er es kaum erwarten dieses Projekt, welches seit zehn Jahren auf Sparflamme kochte, wiederzubeleben und ihm die Zeit und Aufmerksamkeit zu schenken, die es verdiente. Andererseits kannte er diesen Marc nicht und konnte nicht wirklich abschätzen, ob sie bezüglich dieses Projektes auf einer Wellenlänge waren und ob Juri die notwendige Zeit im Rahmen seiner familiären und beruflichen Verpflichtungen aufbringen konnte.

Er seufzte und setzte sich halb auf eine Tischkante. Das Stadtmuseum war *eine* Angelegenheit; da waren noch seine beiden Kinder, auch wenn diese schon etwas älter waren, seine Lehrverpflichtung für die Universität in Mela, die ehrenamtliche Betreuung der alten Bibliothek und schließlich die bevorstehende Konferenz, die er zwar nicht federführend organisierte, aber dennoch intensiv daran beteiligt war. Das waren alles Herzensangelegenheiten und Juri war froh, seine Finger überall im Spiel zu haben, auch wenn die Koordination manchmal nicht so einfach war und manches liegen blieb. So wie dieses Museum. Aber das sollte sich ja jetzt ändern.

Juri schreckte auf, als die Tür des Ladens, in dem das Museum sich vorübergehend befand, aufgerissen wurde und ein jüngerer Mann hereinstürzte. Das musste wohl

Marc sein. Von ihm tropfte es von allen Seiten und er wischte sich genervt durch seine kurzen braunen Haare, um das Wasser darin loszuwerden. Juri stand auf und ging durch den länglichen Raum, der früher eine Werkstatt gewesen war, auf ihn zu.

„Hey", sagte Juri und blieb vor dem Besucher stehen. „Du musst Marc sein. Ich bin Juri", sie schüttelten sich die Hände und Juri versuchte sich ein Bild von seinem Gegenüber zu machen.

Marc trug Turnschuhe, eine Jeans und eine dunkelblaue Jacke aus Segelstoff, die er auszog und in der Hand hielt. Darunter zeigte sich ein T-Shirt in anthrazit. Er musste etwa Mitte dreißig sein und hatte eine lockere Aura um sich, nicht wie die klassische Riege von Stadtangestellten, die aber auch immer weniger wurden. Letztes Jahr hatte er Neev kennen gelernt, sie war wohl Marcs Kollegin, und sie war ebenfalls ganz sicher nicht die althergebrachte Erscheinung einer Sachbearbeiterin.

„Lass mich deine Jacke auf die Heizung hängen", Juri nahm ihm das Kleidungsstück ab und lief nach hinten. „Hier sind wir auch schon gleich mittendrin", rief Juri über seine Schulter und drapierte die Jacke über dem Heizkörper. Es war immerhin erst Februar und Juri wollte nicht, dass Marc sich später in der Kälte den Tod holte. „Hier ist die ganze Sammlung, etwas chaotisch, aber ich habe mir fest vorgenommen, die Sachen endlich in einen präsentablen Zustand zu bringen", Juri machte eine weitreichende Handbewegung über die vielen Regale, Kisten und Haufen, die sich in dem Raum verteilten.

Juri drehte sich wieder um und schaute Marc fragend an. Es war das erste Mal, dass sie sich beide bewusst in die Augen schauten. Juri konnte nicht genau sagen, was er in denen seines Gegenübers sah. Marc hatte eine natürliche Autorität an sich, ein angenehmes Einnehmen des Raumes und der Leute um sich. Es ging etwas von ihm aus, das Juri spüren ließ, dass Marc gerne die Sachen in die Hand nahm und federführend wirkte. Nicht auf eine arrogante und prahlerische Art und Weise, sondern mit Kollegialität, Fachkompetenz und Selbstsicherheit.

„Ich habe bereits einen Blick in die Liste mit den leerstehenden Gebäuden und Ladenflächen geworfen und habe mir ein paar Objekte herausgeschrieben", Marc holte einen Stift und Zettel aus seiner Hosentasche und faltete den letzteren auseinander. „Erzähl mir mehr über dieses Projekt und wir können zusammen überlegen, welche Räume die richtigen dafür sind."

„Gerne", Juri rieb sich die Hände. „Willst du einen Tee?"

„Ja, gerne. Schwarz ohne alles."

Juri ging nach hinten in die kleine Küche und ließ das Wasser aufkochen. Tausend Gedanken schwirrten in seinem Kopf und er fühlte eine angenehme Unruhe in sich aufsteigen. Natürlich, er wollte Marc beeindrucken und nicht wie ein verwirrter Sachensammler dastehen. Aber er wollte es auch nicht übertreiben und vorgeben, jemand zu sein, der er nicht war. Marc sollte ein realistisches Bild von der Lage des Museums bekommen.

„Bitte sehr", er drückte Marc die Tasse in die Hand und ihre Finger berührten sich dabei kurz.

„Erzähl mir doch mal, was du dir für dieses Vorhaben so vorstellst und wie wir als Stadtverwaltung dich dabei unterstützen können", Marc setzte sich auf einen der Tische und umfasste die Tasse mit beiden Händen.

7

Juri suchte sich einen Platz gegenüber von ihm und lehnte sich an einen Pfosten. „Es gibt nicht viel zu erzählen", er schob seine Brille hoch und strich mit dem Zeigefinger über die Oberlippe, „ich habe vor über zehn Jahren, kurz nachdem ich hierhergekommen bin, angefangen Artefakte und Überbleibsel aus der Entstehungszeit von Mela zu sammeln und aufzubewahren. Dabei hatte ich immer die Vision, diese für ein Stadtmuseum zu verwenden. Nachdem mein Partner kurz darauf gestorben war und ich mich allein um unsere beiden Kinder kümmern musste, rückte das Projekt immer mehr in den Hintergrund, leider. Wie so einiges…", Juri räusperte sich.

„Das tut mir leid", sagte Marc mit belegter Stimme.

Juri winkte ab und stieß sich von dem Pfosten ab, lief durch den vollgestellten Raum. „Seit dem Neujahrsfest lässt mich der Gedanken nicht mehr los, dieser Sammlung ein besseres Zuhause zu geben. Eigentlich hat mich Neev darauf gestoßen."

„Ach ja?", ein Lächeln umspielte Marcs Lippen. „Ich kann mir vorstellen, warum."

„Hm?"

„Sie pflegt eine besondere Leidenschaft für Mela, besonders für die verlorenen Orte hier. Wie habt ihr euch kennengelernt?"

„In der alten Bibliothek, auch so eine Leidenschaft von mir. Sie ist eines Tages mit Theo dort aufgetaucht und dann sind wir uns immer wieder über den Weg gelaufen."

Marc nickte und stellte seine Tasse neben sich ab, verschränkte die Arme vor sich. „Sie hat dich auch in ihrer Graphic Novel erwähnt."

„Oh ja, jetzt wo du es sagst. Stimmt, du kommst auch darin vor."

Juri konnte sich noch gut daran erinnern, wie Neev Marc gezeichnet hatte. Nachdenklich, als Gesprächspartner, als Vertrauensperson, als Gleichgesinnten. Sie mussten sich sehr nahe stehen. Eine Freundschaft, um die sie Juri beneidete. In dem Trubel seines Lebens hatte er nur seine KollegInnen und Bekannte als Kontakte außerhalb seiner Familie, auch wenn viele davon ihm sehr ans Herz gewachsen waren.

Marc stand auf und lief ein bisschen herum.

„Ich hab jetzt einen ganz guten Eindruck von dem Umfang und der Richtung des Museums, es würde ganz gut zu den Läden passen, die ich herausgesucht habe. Also würde ich vorschlagen", er kratzte sich an seinem Dreitagebart, „dass wir uns in den nächsten Tagen ein paar Objekte anschauen und dann entscheiden, wie es weitergeht. Was denkst du?"

„Gute Idee."

„Hier habe ich die Adressen der leerstehenden Räume", Marc zeigte auf seinen Zettel und Juri kam dazu, um da drauf zu schauen. „Was hältst du davon, wenn wir uns morgen gleich hier treffen", Marc zeigte auf die erste Adresse.

„Morgen, beziehungsweise diese Woche würde noch gehen. Das Semester fängt erst nächste Woche an. Also gut, morgen dann dort", Juri steckte den Zettel in seine Jacketttasche.

2

„Heute ist Elternsprechtag", Lea kaute auf ihrem Brot herum und schaute zu Juri rüber. In ihrem übergroßen grauen Pullover, mit schwarzen verblassten Sternen, der an einigen Stellen durchlöchert war, und den grünen Strähnen in den Haaren sah sie wie immer sehr verwegen aus.

„Hab ich nicht vergessen", erwiderte dieser und lächelte. „Ich werde da sein. Und bei dir Petr, was steht an?"

„Das übliche, Unterricht und dann Vorbereitungen auf die Abschlussprüfung in zwei Monaten", erwiderte er, ohne von seinem Taschencomputer aufzuschauen. Im Gegensatz zu Lea war Petrs Pullover schwarz und makellos, seine dunklen Haare lagen in einer so ordentlichen Kurzhaarfrisur, die Juri neidisch werden ließ.

„Dann sehen wir uns später beim Mittagessen?", fragte Juri und trank seine Teetasse leer.

„Jo, bis dann", seine Tochter sprang vom Stuhl auf, schnappte sich ihre Tasche und verschwand aus dem Haus. Petr folgte ihr wenig später.

Juri räumte noch etwas die Küche auf und sondierte die Lebensmittelvorräte, machte sich ein paar Notizen, um nicht zu vergessen Kartoffeln, Salz und Brot zu besorgen. Noch war etwas Zeit, um zum Treffen mit Marc aufzubrechen. Juri schaltete seinen großen Computer ein und überflog die Listen mit den Studierenden, die sich für das nächste Semester bei ihm angemeldet hatten, es waren um die fünfzig und das war eine gute Zahl. Dann beantwortete er eine Anfrage von der internationalen Konferenz, an der er Ende nächster Woche teilnehmen würde. Er hatte seinen Vortrag dazu natürlich schon längst eingereicht, wurde aber noch angefragt, ob er an einer Diskussion teilnehmen wollte. Wollte er. Es war immer gut, Sichtbarkeit herzustellen, vor allem, wenn er für eine so abseitige Uni arbeitete wie die in Mela.

Als nächstes registrierte Juri die Nachrichten von Olena, seiner Schwägerin. Er musste sich bei ihr melden, aber dafür brauchte er mehr emotionale Reserven, als er heute zur Verfügung hatte, also verschob er eine Antwort abermals auf einen anderen Tag.

Schließlich zog er sich sein übliches nachtblaues Jackett über das hellgraue Hemd und machte sich auf den Weg, um aus seinem Stadtteil Bergen in die Innenstadt zu fahren und einen neuen Ort für das Stadtmuseum auszukundschaften. Die autonome Bahn fuhr in dieser Gegend, die als eine der wenigen in der unabhängigen Stadt Mela von Einfamilienhäusern geprägt war, nicht so oft wie in den dichter besiedelten Stadtteilen, aber es reichte für Juri aus, um mit dem Rest der Welt verbunden zu sein. Er stieg ein, sobald die Bahn vor ihm hielt und schlug drinnen sofort den neuen Artikel seines Kollegen Steege auf dem Minicomputer auf, um ihn zu überfliegen.

Es ging dort wie so oft auch um den globalen Konflikt, der letztes Jahr ausgebrochen war und an dem vor allem die Großkonzerne aus den verschiedenen Kontinenten beteiligt waren. Seitdem stritten auch die WissenschaftlerInnen um den richtigen Umgang mit den verschiedenen Positionen und der Frage, ob und wie man sich auf eine Seite schlagen konnte und was das für Konsequenzen hatte. Mela hatte unter dem Konflikt ordentlich gelitten, seit die Versorgung mit Strom und anderen lebenswichtigen Produkten, die in der Stadt nicht hergestellt werden konnten, zum Erliegen gekommen war.

Juri wollte so etwas nicht noch einmal erleben, es hatte sie alle in ihren Grundfesten erschüttert. Steege hatte natürlich eine andere Perspektive auf die Angelegenheit, er lebte und arbeitete in der Ostebene, in der generell eine strengere Sicht auf die Dinge gängig war. Dort und auf anderen Kontinenten wurde Mela – das wusste Juri, auch wenn es nicht offen ausgesprochen wurde – als eine Ansammlung von Hippies angesehen, die sich ihre eigene Insel aufgebaut hatten, aber dennoch vom Kuchen der Großen etwas abhaben wollten. Dies hatte Steege ihm noch nie ins Gesicht gesagt, aber er ließ es durchblicken, auch in dem Artikel. Trotzdem, fand Juri, konnten sie sich auf einer gemeinsamen Ebene verständigen und pflegten einen fruchtbaren Austausch nicht nur auf der wissenschaftlichen, sondern auch persönlichen Ebene. Es hatte wohl viel mit dem zutun, woher Juri selbst kam.

Kaum war er in seinen Gedanken versunken, da hielt die Bahn schon an seiner Haltestelle und Juri sprang heraus. Es dauerte etwas, bis er sich in den eng bebauten Gassen mit den vielen umfunktionierten Ladengeschäften orientiert hatte und an den richtigen Ort kam. Schließlich stand er vor einem zweistöckigen Haus aus der Gründerzeit von Mela und schaute sich um. Hier in der Nähe war die neue Bibliothek und der Markplatz, auf dem zwei Mal die Woche die Erzeuger des Umlandes ihre Waren anboten, Supermärkte und andere Geschäfte waren in der wirtschaftlichen Konzeption von Mela nicht vorgesehen und somit obsolet.

Juri überquerte die Straße, dabei ging sein Blick zuerst nach unten, er kam an einem Kanaldeckel vorbei. Die Kanalisation Melas hatte schon immer eine merkwürdige Faszination auf ihn ausgeübt. Klar, sie war schmutzig und düster, aber symbolisierte sie nicht auch das Unterbewusste, das Verdrängte, das nicht beachtete? Alles Dinge, die Juri magisch anzogen.

Als nächstes ging sein Blick nach oben und im obersten Geschoss entdeckte er große Fensterreihen, die viel Licht durchließen und durch die Lage an einem Eckhaus eine interessante Innenlandschaft versprachen.

Die Tür unten war offen, also trat Juri hindurch und lief die Treppenstufen nach oben. Dort angekommen sah er eine weitere Tür, die angelehnt war. Er schob sie mit einem Quietschen vorsichtig auf und trat ein. Vor ihm erstreckten sich lichtdurchflutete, wenn auch lange schon nicht gereinigte Fenster, davor ein leerer Raum, nur durch Marc ausgefüllt, der mit dem Rücken zu ihm davor stand.

Juri atmete tief ein und lief ein paar Schritte, stellte sich neben ihn.

„Ich weiß, ich habe gesagt, dass ich mehrere Vorschläge für den Standort des Museums habe, aber eigentlich ist das hier der einzige Ort, der meiner Meinung nach in Frage kommt", erklärte Marc, immer noch mit Blick nach vorne.

„Ach ja?", erwiderte Juri und drehte sich zu ihm.

„Hmm", Marc schaute ihn an und lächelte. „Hier ist eine der wenigen Stellen, an denen man etwas über die Stadt schauen kann", er streckte den Arm aus und zeigte auf den Ausblick vor ihnen, bei denen ein paar Häuserreihen und dahinter der Stadtpark zu sehen waren, es war wirklich ungewöhnlich für Mela. Wenn man nicht gerade auf einer Erhöhung stand, dann sah man meistens nur bis zum nächsten Haus. „Darüber hinaus wollte ich deiner Sammlung einen besonderen Ort geben. Das hier war mal eine Kunstgalerie, etwas Einzigartiges, das es sonst

13

nirgends in Mela gibt. Diese Fensterfront, diese Helligkeit, diesen großen Raum, den gibt es sonst nirgends. Ich verwalte die Räume und war sicherlich in jedem alten Supermarkt und jeder Garage und jeder Werkstatt. Aber natürlich ist es deine Entscheidung, *du* musst dich hier wohlfühlen."

Juri löste sich von Marc und lief durch den leeren Raum, der locker doppelt so groß war wie der bisherige Ort. Der helle Holzboden war weich und ansprechbar, wenn auch ein Abschliff sicher nicht schaden würde. Die Wände waren bis auf ein paar Abnutzungen weiß und hoch, an den Decken befanden sich mehrere Lampen, die sicher ein dezentrales Licht verbreiteten, wenn sie eingeschaltet waren. Waren es die richtigen Räume? Juri hatte die Befürchtung, dass Marc sich zu viel versprach, dass diese schöne Galerie zu gut war für das, was er da hobbymäßig zusammengetragen hatte.

„Also, was denkst du?", Marc stand plötzlich hinter ihm.

„Ich weiß nicht", Juri drehte den Kopf und nahm kurz Augenkontakt auf, drehte sich dann weg, lief ein paar Schritte auf und ab. „Du hast die Sachen gesehen? Vieles davon ist in einem erbärmlichen Zustand, verstaubt, unsortiert, halb zerstört…"

„Hey", unterbrach ihn Marc und berührte ihn kurz am Ellenbogen, „du kannst dir das ruhig gönnen, wenn es dich anspricht. Ich habe das hier schon seit Jahren für einen besonderen Anlass zurückgehalten. Ich denke, der ist jetzt gekommen. Ich würde mich freuen, wenn du diesem Ort neues Leben einhauchen würdest."

„Okay", nickte Juri.

„Sicher? Du kannst auch noch eine Nacht drüber schlafen, ich wollte dich nicht drängen…"

„Nein, es ist eigentlich perfekt…", Juris Blick glitt abermals durch den großen Raum, der *so* viel Platz bot. „Es liegt zentral, etwas erhöht. Ich wollte das Museum endlich aus der dunklen Ecke der Stadt holen und es dort ansiedeln, wo viele Menschen vorbeikommen und darauf aufmerksam werden, weißt du?"

„Hmm."

„Meinst du…", Juri drehte sich wieder zu Marc um.

„Was?", Marc legte seinen Kopf schief und schaute ihn eindringlich an.

„Dass…", Juri suchte nach den richtigen Worten. „Dass es das richtige für die Stadt ist, dass die Leute es anschauen wollen? Vielleicht habe ich auch deshalb so lange damit gewartet, an die Öffentlichkeit zu gehen, weil es eine Schnapsidee war… Vielleicht will niemand mehr etwas mit der langweiligen Vergangenheit zu tun haben? Vielleicht…"

„Juri", Marc lächelte und schüttelte den Kopf. „Das sehe ich überhaupt nicht so. Und ich habe mit meinen KollegInnen von den zentralen Diensten gesprochen, wir sind alle Feuer und Flamme, ich bin mir ziemlich sicher, dass es ein wunderbarer Beitrag für die Stadtkultur ist. Und falls es dich beruhigt: wir werden ab jetzt die Aufgaben auf vielen unterschiedlichen Schultern verteilen, dann musst du nicht alles allein machen. Du hast natürlich die Federführung. Ist das okay für dich?"

Juri atmete aus und spürte einen Ballast von sich abfallen. Woher wusste Marc nur, dass es genau das war, was er jetzt brauchte? Juri nickte und konnte ihm nicht in die Augen schauen, zu viel Fragilität schwirrte durch

seinen Kopf und er hatte Angst, dass sie aus ihm heraus-
fließen würde.

„Prima", Marc klopfte ihm auf die Schulter und holte
seinen Taschencomputer heraus. „Lass uns eine Liste von
Dingen machen, die wir besorgen müssen, um das hier
fertig zu machen für das Museum."

„Gute Idee."

Sie setzten sich in den Schneidersitz auf den Boden
gegenüber voneinander und Marc begann pausenlos auf
seinem Computer zu tippen.

„Ich denke, als erstes sollten wir den Boden hier einmal abschleifen", murmelte er vor sich hin, „und die
Wände einmal streichen. Ich lasse die Elektronik überprü-
fen."

„Das ist bestimmt viel Arbeit", warf Juri ein, „hat die
Stadt diese Ressourcen, es gibt doch so viel anderes, das
bestimmt dringender ist…"

„Das ist ein Tag Arbeit, das bekommen wir hin",
winkte Marc ab. „Dann brauchen wir neue Regale. Möchtest du die Sachen in Vitrinen präsentieren?"

„Nein, das käme mir komisch vor…", sinnierte Juri,
„das wäre mir zu abgehoben."

„Gefällt mir", nickte Marc, „aber wenn die Leute alles
abfassen, nutzen sich die Dinge schnell ab."

„Okay", Juri zuckte mit den Schultern, „besser sie haben eine Verbindung dazu aufgebaut als dass sie nur
durchlaufen und nichts hängen bleibt, weißt du? Vielleicht
würde ich besondere Objekte wie das erste Grundgesetz
von Mela hinter Glas stecken."

„Hört sich vernünftig an. Wie ist es sonst mit einem
Konzept, ich meine, gibt es einen Kinderbereich, Stationen
zum Ausprobieren… oh, wir sollten so eine Art Quiz

machen mit Klappen, hinter denen die richtigen Antworten sind, was denkst du?"

„Guter Einfall, an sowas habe ich noch gar nicht gedacht. Je experimenteller, desto besser. Kinderbereich ist auch ein Muss. Wenn ich da an meine Kids denke…"

„Ja, meine Nichten und Neffen brauchen sowas auch", lächelte Marc. „Ich habe da schon ein paar Ideen… Was hältst du davon in den nächsten Tagen zu uns in die Teamsitzung zu kommen, dann können wir mit meinen KollegInnen noch mehr Brainstorming betreiben?"

„Hmm, das ist eine phantastische Idee, ich würde sie gerne kennen lernen. Neev ist auch dabei, nicht? Aber jetzt ist schon Donnerstag und nächste Woche Montag fängt das Semester an, es ist noch so viel zu tun bis dahin. Und dann steht auch gleich eine große internationale Konferenz an… Ich würde mich morgen spontan melden, ob ich kurz reinschneien könnte, okay?"

„Kein Problem", nickte Marc und machte sich noch ein paar Notizen.

Sie tauschten noch Ideen aus und packten schließlich zusammen.

„Wir sehen uns dann die Tage", lächelte Marc ihm zu und sie verließen das Haus, gingen ihre getrennten Wege.

3

Zu Hause angekommen erfasste Juri eine angenehme Aufregung. Er liebte Aufbruchstimmung und das hier war sie in ihrer reinsten Form. Alles schien möglich zu sein. Vorher hatte er nicht zu sehr an sich und das Museum geglaubt, aber jetzt war es wie eine Quelle von Erlebnissen, Ideen, Geschichten, die er den BewohnerInnen und BesucherInnen von Mela erzählen konnte über diese wunderbare Stadt.

Er musste sich gegen seinen eigenen Willen eingestehen, dass er es sich auch wünschte, einmal das Scheinwerferlicht der Stadt auf sich zu spüren. Natürlich, er tat das ständig im Rahmen seiner Forschungs- und Lehrtätigkeit. Das war sein Beruf und er ging ihm gerne nach. Aber das mit dem Museum... das wäre eine Möglichkeit in der Stadt einmal als ganze Person mit seinem eigenen Projekt in Erscheinung zu treten und vielleicht auch etwas an die Stadt zurückzugeben, dafür, dass sie ihn vor zwölf Jahren hier aufgenommen und ihm eine Bleibe und eine Heimat gegeben hatte zu einem Zeitpunkt, an dem er nicht mehr daran geglaubt hatte, irgendwo jemals eine für sich zu finden.

Mit der neuen Energie im Schlepptau bereitete Juri in Windeseile seine erste Vorlesung für Montag vor, beantwortete noch Dutzende von Nachrichten und überflog die Neuerscheinungen auf seinem Gebiet, notierte sich diejenigen Publikationen, die seine Neugier geweckt hatten oder für sein Gebiet relevant waren. Der Nachmittag war ausgefüllt mit Tätigkeiten im Haushalt und mit dem Erledigen von Schulangelegenheiten seiner Kinder.

Am nächsten Morgen, bevor der Tag ihm zwischen den Fingern zerrann, konnte er natürlich nicht an sich halten, und eilte zum Verwaltungsgebäude in der Innenstadt. Zuvor hatte er mit Marc abgeklärt, dass er um acht Uhr morgens in seiner Abteilung aufmarschieren würde. Nachdem er in den fünften Stock gestiegen war, blieb er vor der großen Glastür stehen. Erinnerungen an seine Einbürgerungszeremonie von vor ungefähr zwölf Jahren durchfluteten ihn plötzlich. Er mit seinem Ehemann Ilja und den beiden kleinen Kindern, Lea war erst zwei Jahre alt, Petr ungefähr sechs, stand kurz vor der Einschulung. Nach einer langen Reise waren sie endlich hier angekommen, mit nichts außer zwei Koffern und vielen Hoffnungen. Sie wurden von den MitarbeiterInnen der Stadt herzlich aufgenommen und mit allem Nötigen versorgt, konnten bald ihren beruflichen Tätigkeiten nachgehen. Trotzdem, so verletzlich wie Juri sich an diesem Tag gefühlt hatte, das wollte er nicht nochmal erleben und das musste er hoffentlich auch nicht.

Nachdem er die Glastür geöffnet hatte, sah er, dass Marc und Neev weiter weg im Flur standen und sich unterhielten. Marc wirkte hier, in seiner Umgebung, noch kompetenter und vertrauenserweckender. Überhaupt hatten sie beide sehr schnell einen Draht zueinander gefunden und Juri fragte sich, wohin diese erste Verbindung sie noch führen würde.

Er ging auf die beiden zu und sie drehten sich um.

„Juri, es freut mich so sehr, dass du zu uns gekommen bist", strahlte Neev ihn an und Juri bewunderte ihre androgyne Erscheinungsform sehr.

In seinem Heimatland wären solche Ausgestaltungen dessen, was als weiblich oder männlich angesehen wurde, nicht möglich gewesen.

„Nicht?", stimmte Marc ihr zu. „Ich dachte, es würde uns allen mal zur Abwechslung Spaß machen, sich mit diesem Projekt zu befassen und nicht nur mit dem üblichen Verwaltungskram."

„Also, dann auf", Neev ging vor und sie folgten ihr.

Sie kamen in einem Büro an und setzten sich zu sechst in eine Runde.

„Darf ich vorstellen, das hier sind noch Serg, Kora und Ben", Neev zeigte auf die ihm unbekannten Gesichter.

An Sergs Gesicht blieb Juri länger hängen. Sein Name verriet ihm, dass er wahrscheinlich wie er selbst aus dem nordöstlichen Kontinent Jaku kam, sein Gesicht war rau und kantig mit einem Bart und buschigen Augenbrauen und Juri fragte sich, welche Geschichten sich dahinter verbargen. Er interessierte sich immer für die Hintergründe der MigrantInnen, denn meistens war keine Geschichte wie die andere.

„Ich finde, Marc, du hast exzellente Räumlichkeiten für das Museum ausgesucht", begann Kora und warf Marc einen bedeutungsvollen Blick zu.

„Danke", er nickte.

„Wie hast du dir die Aufteilung vorgestellt, Juri, du hast ja den besten Überblick über das vorhandene Material?", fragte Kora.

„Ich denke, wir haben die Sachen, die vor der Gründung von Mela stammten", Juri nahm sich die Brille ab und schaute aus dem Fenster. „Als die Stadt leer stand, weil sie wirtschaftlich nicht mehr relevant war. Dem

20

würde ich eine Station einräumen. Dann alles aus der Gründerzeit, inklusive der Kämpfe und Auseinandersetzungen. Und schließlich die aktuellen Entwicklungen."

„Das ist doch eine saubere Aufteilung, daran sollten wir uns orientieren", nickte Kora.

„Vielleicht wäre eine große Karte sinnvoll, auf der die wirtschaftlichen und politischen Beziehungen im Wandel der Zeit abgebildet werden könnten?", schaltete sich Ben ein und alle fingen an, durcheinander zu reden, um die einzelnen Elemente einer solchen Karte zu diskutieren.

„Wir könnten ein Quiz für Jugendliche und junge Erwachsene von einer Schulklasse entwickeln lassen, ich kenne eine Lehrer, der sich bestimmt gerne dafür einspannen lassen würde", warf Neev ein und wieder entbrannte eine Diskussion über die Richtung, die das Quiz nehmen sollte.

„Wir sollten überlegen, ob wir den schwierigen Bereichen besondere Aufmerksamkeit schenken sollten", meldete sich schließlich Marc zu Wort. „Mentale Gesundheit, Gesundheitsversorgung, Abhängigkeit von Kooperationspartnern, der Krieg zwischen Maana und Neu! letztes Jahr, in den Mela verwickelt wurde. Es wäre schön, wenn das Dargestellte nicht nur statisch die Vergangenheit abbildet."

„Ich bin ganz deiner Meinung", Juri warf ihm einen bedeutungsvollen Blick zu. „Das macht das Museum dynamisch und zeigt auch offene Enden und ungelöste Knoten auf", er wirbelte mit seinen Händen herum.

„Leute, Kunst und Kultur", Neev schlug sich mit der Hand auf das Knie. „Was wären wir ohne? Unser Haupt-Exportschlager. Wie wäre es mit einer Station mit Kopfhörern, an der man Musik aus Mela hören kann, dann eine

Zusammenstellung mit den interessantesten Kunstwerken in so einem Buch zum Blättern und so weiter."

„Wir sollten deine Graphic Novel ausstellen, das handelt schließlich von Mela", bemerkte Ben.

„Nicht nötig, es gibt so viele andere, die bessere Bücher produziert haben…"

„Doch", brummte Serg.

„Okay, wieso lassen wir nicht die BewohnerInnen entscheiden, wir machen eine Pressemitteilung, dass Vorschläge eingereicht werden können, welche Kunst- und Kulturprodukte im Museum vorgestellt werden sollten. Auf das Ergebnis bin ich schon gespannt", eruierte Neev. „Bist du damit einverstanden?"

„Absolut. Wow, ich meine, das geht weit über alles hinaus, das ich mir vorgestellt habe", Juri setzte sich die Brille wieder auf.

„Ist das wirklich okay für dich?", Marc legte ihn kurz die Hand auf das Knie.

„Das ist nicht das Problem", Juri zog den Mund zusammen. „Es ist nur so, dass das Semester gerade anfängt und einiges ansteht, ich kann dann nur am Wochenende ein paar Stunden in das Projekt investieren, mehr nicht. Nicht, dass ihr mehr erwartet."

„Wir teilen ein paar der Aufgaben auf und schließen uns kurz", sagte Ben und alle nickten zustimmend. „Dann lastet nicht alles auf deinen Schultern."

Sie verständigten sich auf die Bildung einer eigenen Gruppe im Nachrichten-Portal, in der sie sich jederzeit austauschen konnten und hielten einen groben Zeitplan fest. Als die Sitzung beendet war, begleitete Marc Juri zum Treppenhaus.

„Fühl dich nicht unter Druck gesetzt", Marc klopfte ihm auf die Schulter. „Es muss ja nicht jede Idee umgesetzt werden. Kümmere dich erstmal um deine Arbeit und die Konferenz und dann sehen wir weiter."

„Ich denke das ist realistisch", nickte Juri. „Danke, dass du das alles möglich gemacht hast. Es läuft jetzt schon viel besser, als ich jemals gedacht hätte."

„Es macht mir Spaß mit dir zusammen zu arbeiten", grinste Marc und Juri schaute ihm kurz in die Augen, blickte schnell wieder weg.

„Ich hoffe, du bist nicht enttäuscht, wenn du die Sammlung siehst… wirklich siehst."

„Warum machst du dir darüber so viele Gedanken?"

Juri kratzte sich am Kinn. „Ihr jungen, dynamischen Leute seit es gewohnt, in kürzester Zeit perfekte Sachen auf die Beine zu stellen, bei mir geht das nicht."

Marc lachte. „Wie alt bist du?"

„Fünfundvierzig."

„Ich bin neununddreißig."

„Du siehst aus wie Ende zwanzig, höchstens."

„Quatsch."

„Du wirkst so. Wenn man in Mela groß wird, altert man nicht so schnell wie jemand aus Jaku."

„Findest du?", Marc runzelte die Stirn.

„Glaub mir", Juri zuckte mit den Schultern.

„Trotzdem, ich glaube es wird schwer für dich, mich zu enttäuschen."

Juri hielt kurz inne und spürte, wie es warm in ihm wurde. Er wusste nicht, was er darauf erwidern sollte. Wie Marc das meinte. Er schaute wieder zu ihm rüber und spürte Marcs Hand, die immer noch auf seiner Schulter lag, noch stärker als vorher. Ihre Augen trafen sich für den

Bruchteil eines Momentes, doch dann kamen von unten Schritte hoch und Juri trat zur Seite, um die Stufen runter zu gehen.

„Wir werden sehen. Bis dann", verabschiedete er sich von Marc und lief nach unten.

4

Als Juri am nächsten Montag um vier Uhr nachmittags den Hörsaal der kleinen Universität betrat, befand sich dort noch keine einzige Person. Die Vorlesung würde erst in einer halben Stunde losgehen, also hatte Juri noch genug Zeit, um sich auf die Veranstaltung einzustimmen. Zuerst legte er seine Ledertasche auf den Stuhl und blickte sich um. Nur um die hundert ZuhörerInnen hätten hier Platz, aber noch nie hatte er den Raum voll besetzt erlebt. Als er nach seiner Umsiedlung nach Mela hier das erste Mal seine Antrittsvorlesung hielt, da war sein Kopf noch voller Fragen gewesen. Mittlerweile hatte sich natürlich eine gewisse Routine eingeschlichen, aber es war trotzdem nichts, was er wie im Schlaf runterratterte.

Juri zog sein Jackett aus, legte es um die Stuhllehne. Nahm aus der Tasche einen altmodischen Papierblock und einen Bleistift und legte ihn auf die Tischplatte, damit er sich Einfälle und Fragen schneller notieren konnte. Daneben positionierte er seinen Taschencomputer, falls es irgendwelche Notfälle in den Schulen seiner Kinder gab. Danach produzierte er ein paar Bücher, die seine aktuelle Vorlesung inspiriert hatten und bei denen er das Gefühl hatte, dass sie anwesend sein sollten.

Nervös lief Juri auf und ab und studierte die Technik des Raumes, während die ersten StudentInnen eintrudelten und in der Mitte der Stuhlreihen Platz nahmen. Und mit einem Mal ging alles schneller, als gedacht. Gespräche erfüllten den Raum und die Hälfte der Plätze war schon belegt. Viele der Gesichter kannte er natürlich, manche waren neu. Juri versuchte gar nicht so sehr, sich auf die Menschen vor ihm zu konzentrieren, sondern sich mehr nach innen zu wenden und die Ruhe zu suchen, die er für die nächsten neunzig Minuten brauchte.

Als die Uhr vier Uhr dreißig anzeigte, schloss jemand die Tür und Juri räusperte sich ein paar Mal, bis Ruhe im Saal eintrat.

„Guten Tag und herzlich willkommen", begann er etwas lauter, bis es wirklich komplett still war. „Mein Name ist Juri Myslitel und ich begrüße euch zum neuen Semester des Studienganges Gesellschaftswissenschaften an der Universität Mela."

Er fing an, auf und ab zu laufen, und sich dabei immer wieder an das Publikum zu wenden.

„Wie die meisten von euch, insbesondere diejenigen, die schon länger dabei sind, wissen, ist es etwas Besonderes, an dieser Universität lehren und studieren zu dürfen. Nicht, weil wir hier das beste Personal und den besten Campus und die besten Programme hätten, sondern wegen der Umstände, in denen sich diese Stadt und damit alle ihre BewohnerInnen befinden."

Juri hielt kurz inne und ließ den Blick über die Studierenden schweifen. Dabei registrierte er nicht die einzelnen Gesichter, weil er etwas aufgeregt war, sondern einfach nur die sich auf ihn konzentrierende Menge. Sein Ziel war es immer, einen Spannungsbogen aufzubauen und diesen bis zum Ende zu halten, ohne, dass Leute Privatgespräche führten oder etwas anderes nebenbei machten, das war manchmal gar nicht so einfach.

„Ich würde vorschlagen, wir springen gleich in die Mitte rein", proklamierte er und stützte sich dabei mit beiden Händen auf der Tischplatte ab, als wollte er etwas Großes angehen. „Wir sind eine Stadt, die aus einer Krise entstanden ist, die permanent durch multiple Krisen geht und die mehr wackelt als steht, die jeden Tag den Gezeiten des Lebens ausgesetzt ist und nur zu oft in der Klemme steckt. Aber geht es nicht auch jedem einzelnen von uns so?", Juri richtete sich wieder auf, ging um den Tisch herum und setzte sich vorne halb auf die Tischplatte.

„Sind wir nicht auch immer wieder aufs Neue hin- und hergeworfen von Unvorhersehbarkeiten, Unabwäg- barkeiten, Schmerzen, Tod und Verlusten? Auf diesem Fundament ist Mela einmal errichtet worden, um diesen Dingen einen Platz zu geben und es ist mir immer noch Jahr für Jahr eine Ehre, auf diesem Fundament zu stehen."

Juri machte eine kurze Pause und kratzte sich am Kinn. Im Saal war es immer noch so still, dass man hätte eine Stecknadel fallen hören können.

„Ich könnte dazu Gründerväter zitieren und aktuelle Analysen und Theorien hervorholen", er legte eine Hand auf den Buchstapel neben sich. „Aber wer mich kennt und meine Veranstaltungen bereits besucht hat, weiß, dass ich das zwar gerne mache, aber auch noch andere Zutaten bei- mische. Ich möchte in die Dinge reingehen, ich möchte er- leben, spüren, Resonanz aufnehmen und weitergeben, ich möchte Welt in mich aufnehmen und Welt produzieren in allen ihren Spielarten."

Er holte tief Luft und setzte seine Brille ab. „Deswe- gen möchte ich euch hier auch von meinem Forschungs- programm erzählen. Es wird phänomenologisch, theo- rielastig, empirisch, esoterisch, psychoanalytisch und ni- hilistisch sein. Es wird direkt und unmittelbar, unterkom- plex und mehrdimensional sein. Aber vor allem wird es sich um Erleben und Denken drehen. Darum, wie Realität und Wahrnehmung aufgebaut sind und wie wir dort hin- durch gehen und wie dies durch uns geht. Es ist meine feste Überzeugung, dass das das tiefgreifendste, fundamentalste Thema unserer Zeit ist."

Er setzte seine Brille wieder auf und holte ein paar Mal Luft. Die ernsten Gesichter der Menge waren immer noch auf ihn gerichtet und Juri spürte, wie sie zusammen eine wunderbare Symbiose eingingen.

„Manches davon hört sich jetzt sehr abstrakt an, deswegen ist es mir wichtig zu betonen, dass ich genauso durch die Krisen erschüttert werde wie die Stadt, in der ich lebe. Im Sinne des Grundsatzes der Stadt, dass wir absolut transparent mit Problemen und Schwierigkeiten umgehen wollen, dass psychische Probleme nicht unter den Teppich gekehrt und mit sozialer Scham belegt werden, möchte ich vortreten und mit gutem Beispiel vorangehen."

Er stieß sich vom Tisch ab und ging noch weiter nach vorne, um sich an der erste Stuhlreihe, in der keiner saß, abzustützen.

„Ich möchte eine Kultur und wissenschaftliche Arbeit fördern, in der wir alle offen über unsere Umwälzungen sprechen können, weil diese zu uns gehören und unserer Zusammenarbeit und der Qualität unserer Arbeit förderlich sein können. Meine Umwälzungen bestehen wie so oft darin, dass meine Existenz zutiefst durch innere Konfliktlinien durchzogen ist, die sich um die Sehnsüchte und den Verlust von Resonanz drehen, um zahlreiche Befürchtungen, den Verstand zu verlieren, um die Angst, wegen meiner Forschung aus der wissenschaftlichen Gemeinschaft ausgeschlossen zu werden oder generell aus der Gesellschaft, in der ich lebe, um die Frage, ob ich dabei bin wichtige familiäre Verbindungslinien zu verlieren. Immer wieder drehe ich mich um die Frage, wie Intimität funktionieren kann, ob ich zu viel oder zu wenig bin, zu nah oder zu fern, zu viel Schatten oder zu viel Licht. Was sind Träume, Tagträume, Nachtträume, Alpträume, Sehnsuchtsträume, wie verbinden sie unsere Welt mit einer anderen Welt, einer, die über uns hinausreicht und doch alles zu einem zusammenfügt. Deswegen möchte ich zusammen mit euch in diesem Semester erforschen, durch welche Mechanismen unsere Welt zusammengehalten wird, was passiert, wenn wir aus den Zusammenhängen herausfallen und wie es uns immer wieder gelingt – als Einzelperson, als Familie, als Gruppe oder als Gesellschaft – dünne Fäden zwischen uns zu knüpfen, welche Rolle Narrative dabei spielen, seien es Geschichten oder non-verbale Verbindungselemente wie Musik oder Kunst. Wir werden dabei zu keinem abschließenden Ergebnis kommen, sondern nur punktuelle Karten zeichnen, aber es werden politisch, gesellschaftlich und persönlich aufgeladene Linien sein, die uns gleichzeitig jederzeit durchziehen werden."

Juri wartete ein paar Momente, führte die Hände vor sich zusammen und verschränkte sie, drehte sich um und ging zurück an seinen Platz hinter dem Schreibtisch. Das wichtigste war gesagt, der Anfang war gemacht. Nachdem das sanfte Klopfen auf das Holz vom Publikum verstummt war und Juri sich höflich verbeugt hatte, wurden noch ein paar Fragen zum Ablauf des Semesters, zu spezifischen Inhalten der Seminare und Vorlesungen und zu den Anforderungen der Leistungsnachweise gestellt, die Juri geduldig beantwortete. Und dann war die Zeit auch schon rum, unglaublicherweise. Die Studierenden packten mit einem Gemurmel ihre Sachen zusammen und begannen sehr langsam den Hörsaal zu verlassen.

Ein paar der Leute, die er schon aus vorherigen Semestern kannten, kamen zu ihm nach vorne und bekundeten ihre Vorfreude, an den kommenden Forschungsprojekten teilzunehmen. Andere wollten nicht so sehr ins Feld, teilten ihm aber ihre Ideen für Zeitschriftenaufsätze mit, zu denen Juri seine Meinung äußerte.

Langsam verließen auch die letzten ZuhörerInnen den Raum und Juri atmete erleichtert auf. Er blickte durch die Reihen und entdeckte noch eine Person, die regungslos in der letzten Reihe saß. Marc. Als sich ihre Blicke trafen stand er auf und lief die wenigen Treppenstufen nach unten.

„Wow, das war sehr beeindruckend", sagte er und setzte sich auf den Tisch vor Juri.

„Danke."

Juri spürte, wie ihm warm wurde bei dem Gedanken, dass Marc ihm die ganze Zeit zugehört hatte. Es war einfacher diese Vorlesungen zu halten, wenn er wusste, dass niemand anwesend war, zu dem er eine persönliche Beziehung hatte. So konnte Juri leichter in eine Rolle schlüpfen. Die Anwesenheit von Marc durchkreuzte seine Pläne etwas, er fühlte sich so angreifbar und verletzlich wie sonst selten.

„Ich hätte gerne noch mehr gehört", sagte Marc. „Über deine Sehnsüchte und deine Träume zum Beispiel."

Juri war sich sicher, dass er komplett rot anlief. Er fing an, seine Sachen zusammen zu räumen.

„Ich mochte deine Offenheit", fuhr Marc unbeirrt fort. „Ich glaube, das hat großen Eindruck bei den Studierenden hinterlassen. Ich habe gesehen, wie sie an deinen Lippen hingen und später begeistert nach vorne gestürmt sind. Manche haben sich das noch nicht getraut, ich nehme an, das waren die Neuen? Und ich wusste auch nicht, ob ich mich trauen sollte", er grinste und Juri musste lachen.

„Hast du dich etwa eingeschrieben?"

„Nee", Marc schmunzelte, beließ es aber bei dieser Aussage.

„Wolltest du wegen des Museums…", begann Juri, doch Marc unterbrach ihn.

„Ich war neugierig, wollte etwas über deine Arbeit erfahren", Marc stand auf und trat von einem Bein auf das andere. „Hast du jetzt noch weitere Veranstaltungen?"

„Nein, für heute war es das", Juri rieb angestrengt seinen Kopf. „Ehrlich gesagt bin ich ziemlich durch, es gab heute so viele Gespräche, Texte, Nachrichten, Verhandlungen, es war ein voller Tag."

„Sorry, ich wollte mich nicht aufdrängen."

„Nein, nein, so war das nicht gemeint", Juri hatte seine Tasche fertig gepackt, war aber noch nicht bereit, sich von Marc zu verabschieden. Er wusste nicht, was ihn befiel, als er Marc fragte: „Willst du bei uns zu Abend essen? Ich kann dir nicht viel versprechen, aber da können wir das ein oder andere Gespräch nochmal aufgreifen. Allerdings, meine Kinder werden da sein, wenn dir das etwas ausmacht."

„Gerne", nickte Marc und riss die Augen auf. „Bist du dir sicher? Ich meine, du musst dich nicht verpflichtet fühlen, dich um mich zu kümmern oder so, wenn dir alles zu viel ist."

„Du bist mir nicht zu viel, keinesfalls, vielleicht eher zu wenig", Juri biss sich auf die Zunge. Seine Müdigkeit verleitete ihn zu allen möglichen unbedachten Aussagen, er musste sich mehr konzentrieren.

Doch Marc lachte einfach nur.

Juri schaltete das Licht aus, schloss die Türen ab und sie liefen zusammen zur Bahnhaltestelle. Wortlos setzten sie sich in die herannahende Bahn und fuhren nach Bergen. Währenddessen spürte Juri seine Müdigkeit noch stärker einsetzen und fragte sich, ob es okay war, dass außer ein paar Bemerkungen kein richtiges Gespräch aufkam.

„Hallo zusammen", rief er, als er endlich die Haustür aufschloss.

Seine Tochter Lea kam sofort zu ihnen und strahlte sie an. Er stellte Marc und sie einander vor.

„Ich mache gleich Abendessen, okay?", murmelte Juri und ging durch den Flur in die Küche. Marc folgte ihm. „Hast du Lust, Tomaten und Zwiebeln zu schneiden?"

„Na klar", Marc setzte sich an den großen Esstisch und nahm die Utensilien entgegen.

„Wie war die Schule?", fragte Juri Lea, die um sie herumlungerte.

„Ich hatte einen riesigen Haufen Mathehausaufgaben, an denen ich bis jetzt noch saß. Außerdem schreiben wir morgen noch Wirtschaft und Politik, aber ich denke, ich bin ganz gut vorbereitet."

„Soll ich dich abfragen?", bot Juri an, als er das Nudelwasser aufsetzte. Lea hatte schon immer mehr Anleitung beim Lernen und Vorbereiten auf die Klausuren gebraucht als Petr und Juri hatte es sich zur Gewohnheit gemacht, sich so gut wie jeden Tag darum zu kümmern.

„Das wäre super."

„Ich weiß nicht, ob ich es schaffe, aber ich versuche es."

Sie kochten und plauderten zu dritt vor sich hin und als das Essen fertig war, kam Petr dazu und sie setzten sich an den Tisch.

„Das ist Marc, wir arbeiten zusammen an dem Museum zusammen. Er ist bei der Stadtverwaltung, zentrale Dienste", erklärte Juri und verteilte die Nudeln und die Sauce.

Petr nickte höflich und Juri fiel auf, wie ernst er dabei wirkte. Er war immer schon der eher introvertierte und konservativere, aber auch verantwortungsbewusstere von den beiden Kindern gewesen, während Lea mehr aus sich herausging und Risiken liebte. Juri fragte sich immer, ob das daran lag, dass Petr einen Teil seiner Kindheit in Jaku verbracht und das Ableben seines Vaters viel bewusster mitbekommen hatte.

„Und das ist Petr, mein ältester Sohn. Er wird dieses Jahr seinen Schulabschluss erwerben und möchte nach dem Sommer eine Ausbildung in dem Stromwerk beginnen", erzählte Juri.

„Ich kenne viele, die da arbeiten", bemerkte Marc zwischen zwei Bissen. „Wir brauchen dringend Nachwuchs in diesem Bereich."

„Ilja, Petrs Vater hat da früher auch gearbeitet", fiel Juri ein und er wusste gar nicht, wieso er das sagte. Petr warf ihm einen bedeutungsvollen Blick zu und Juri überlegte wie so oft, ob diese Berufswahl etwas mit dem verstorbenen Elternteil zu tun hatte. Wie es auch immer war, Petr ließ sich in seine Berufswahl nicht hereinreden.

„Ich werde bald aus Mela ausziehen und die Welt bereisen", riss Lea ihn aus seinen Gedanken und Juri verdrehte bei diesem Kommentar die Augen.

„Es ist zu gefährlich, was könnte dabei alles passieren?", entgegnete er und blickte in ihre aufgeregten braunen Augen.

„Warum möchtest du das machen?", fragte Marc und drehte seinen Kopf zu ihr.

„Juri will nie außerhalb von Mela mit uns verreisen, eruierte sie vorwurfsvoll. „Ich habe noch nie meine Tante Olena kennen gelernt, nur weil Juri so ein Angsthase ist."

Juri grummelte vor sich hin und senkte den Blick. Gedemütigt von seinem eigenen Kind.

„Deswegen werde ich, sobald ich achtzehn bin", fuhr sie unbeirrt fort, „zu einer großen Weltreise aufbrechen und so lange an den Orten bleiben, die mir gefallen, wie ich will. Ich meine, Mela ist nur eine *Stadt*", sie spuckte das Wort förmlich aus, „wie kann man sein ganzes Leben lang oder Jahrzehnte in *einer Stadt* bleiben?", sie schüttelte ungläubig den Kopf und ihre schulterlangen Haare wackelten mit.

„Ich bin hier in Mela geboren und hab die Stadt nicht einmal verlassen", bemerkte Marc. „Du hast recht, es ist ein begrenzter Raum, aber ich habe meine ganze Familie und alle meine Freunde, KollegInnen und meine Band hier, also hat es mich noch nie herausgetrieben."

„Du spielst in einer *Band*?", fragte Lea und aus ihrem Mund klang es so, als wäre Marc mindestens ein Astronaut oder sowas.

„Wir haben beim Neujahrsfest gespielt und vor kurzem ein neues Album herausgebracht. Vielleicht, wenn jetzt der Frühling und Sommer kommt, spielen wir noch mehr Konzerte. Dann kannst du vorbeikommen."

„Ich höre keine Mela-Musik", rümpfte Lea die Nase und Petr gab ihr einen Schub von der anderen Seite. „Was denn? Das ist mir viel zu dörflich, ich mag die großen Hits von den anderen Kontinenten."

Juri öffnete den Mund, um irgendwas zu sagen, aber er kam nicht mehr zu Wort.

„Das ist trotzdem unhöflich", kommentierte Petr.

„Die meisten der großen Hits kommen aus Mela, glaub mir, es wird nur nicht immer so vermarktet. Der oder die GitarristIn deiner Lieblingsband könnte dein Nachbar sein", zwinkerte Marc ihr zu.

„Bist du etwa Gitarrist und Leadsänger?", Lea stand der Mund offen.

„Das kannst du erfahren, wenn du zu unserem nächsten Konzert kommst", lachte Marc und Juri speicherte diese Information für später ab.

Die Gespräche am Tisch liefen weiter und Juri begann abzuräumen. Die Müdigkeit in seinen Knochen legte jetzt noch eine Stufe zu und er unterdrückte ein Gähnen.

„Ich werde noch für die Abschlussprüfungen lernen", sagte Petr und verschwand in seinem Zimmer.

„Was ist mit dem Abfragen?", Lea stand wieder vor ihm.

„Ich…", begann Juri und wusste nicht, was er sagen wollte. Er sollte es tun, aber in seinen Kopf war keine Kapazität mehr dafür vorhanden.

„Ich kann es machen", Marc stand plötzlich neben ihnen.

„Was?", wunderte sich Juri.

„Ich frage sie ab und du kannst dich solange ausruhen", führte er weiter aus.

Bevor Juri etwas dazu erwidern konnte, rief Lea begeistert Ja und sprang um Marc herum. Juri dachte, dass er das unmöglich annehmen konnte, wusste aber nicht, wie er aus der Sache wieder rauskommen konnte, ohne Marc zu beleidigen.

„Okay, ich werde mich kurz ausruhen, aber nur *kurz* und dann übernehme ich das Abfragen", seufzte Juri.

Lea jubelte und zog Marc gleich hinter sich her ins Wohnzimmer, wo sie meistens ihre Schulaufgaben erledigte. Um nicht unnütz herumzustehen ging Juri nach oben in sein Arbeits- und Schlafzimmer und streckte seine Beine nur kurz, ganz kurz auf dem Bett aus.

5

Als er am nächsten Morgen von einem Klingeln geweckt wurde, fiel ihm alles wieder ein. Irgendjemand hatte eine Decke über ihm ausgebreitet, aber sonst lag er genau an derselben Stelle mit seiner Kleidung vom Vortag. Verdammt. Juri bedeckte sein Gesicht mit beiden Händen. Er war gestern einfach so eingeschlafen. Hätte es noch schlimmer kommen können?

Er richtete sich auf und stolperte ins Bad. Zum Glück hatten die Kinder unten ihre Räume und ein eigenes Badezimmer. Nachdem er geduscht und sich ein frisches, himmelblaues Hemd angezogen hatte, ging er runter und bereitete wie jeden Morgen das Frühstück vor.

„Warum hat mich gestern keiner geweckt?", fragte er Lea und Petr, als sie dazu kamen.

Petr grinste vor sich hin und Lea kicherte.

„Marc weiß sooo viel", verkündete sie in zu hoher Lautstärke, seiner Meinung nach.

„Ach?", brachte Juri hervor.

Natürlich war es egal, wie viel er, Juri, wusste. Sobald dieser hippe Marc da war, war *er* es auf einmal, der superklug war.

„Er arbeitet in der Stadtverwaltung und konnte mit tausend praktischen Beispielen die Theorien erläutern, ich habe mir alles viel besser merken können", nickte Lea eifrig.

„Ist er dein neuer Freund?", fragte Petr Juri abgeklärt und Juri fiel die Kinnlade runter.

„Nein, ich habe doch erklärt...", setzte er an.

„Er wollte sich von dir verabschieden und hat dich gestern so liebevoll zugedeckt", brachte Petr so emotionslos wie möglich hervor und musste deutlich ein Lachen unterdrücken.

„Was?", Juri war sich sicher, dass er rot anlief.

„Okay, ich muss los", Petr sprang nach zwei Bissen wieder auf und rannte los.

Lea erzählte ihm noch etwas über ihre Mathehausaufgaben, aber er musste gestehen, dass er nur noch mit halbem Ohr zuhörte. Zu viel ging ihm im Kopf herum. Wie konnte er nur so schnell eingeschlafen sein? Okay, es war nichts Ungewöhnliches, passierte ihm öfter mal. Aber gestern? Das war peinlich.

Schließlich gingen Lea und er zusammen aus dem Haus, mussten aber zu verschiedenen Bahnhaltestellen. Ihre Schule lag im Stadtteil neben dran, während er in die Stadt, zur Uni, musste.

Den ganzen Vormittag über hatte er das Gefühl, sich bei Marc melden zu müssen, um sich zu entschuldigen oder zumindest zu erklären. In der Mittagspause, die er in seinem Büro verbrachte, hielt er das ständige Formulieren von hypothetischen Textnachrichten in seinem Kopf schließlich nicht mehr aus und begann wirklich etwas zu schreiben.

Zunächst bedankte er sich bei Marc, dass er Lea bei der Vorbereitung für die Klausur geholfen hatte. Dann hielt er inne und schaute aus dem Fenster. Alles, was ihm jetzt einfiel klang so furchtbar pathetisch. Außerdem, wenn man sich rechtfertigte, klang das immer etwas schwach. Solch einen Eindruck wollte er nicht bei Marc hinterlassen. Juri trommelte mit den Fingern auf der Tischplatte herum und schrieb, dass er sich über Marcs Interesse an seiner Arbeit gefreut hatte und ihm jederzeit gerne einen größeren Einblick gewähren konnte, wenn er

Lust hätte. Schließlich schickte er die Nachricht ab und stürzte sich in den Nachmittag, denn heute stand ein Ausflug in das Feld an.

In zwei Stunden würde er sich mit seinen StudentInnen treffen, um sich gleich zu Beginn seines neuen Seminars mit der Erforschung von Resonanzerlebnissen zu beschäftigen. Juri fand, dass das produktiver war, als sich zuerst mit der ganzen Theorie zu befassen und er war bei solchen Ausflügen jedes Mal genuin überrascht, was dabei herauskam.

Schon bald musste er sich aufmachen, denn sie trafen sich im Stadtpark. Als Juri seine Tasche gepackt hatte schaute er ein letztes Mal auf seinen Taschencomputer und tippte auf die neue Nachricht von Marc, die ihm angezeigt wurde.

„Ich würde gerne auf das Angebot zurückkommen. Du sprachst in deiner Vorlesung von Forschungen. Vielleicht kann ich da mal hereinschnuppern?", schrieb Marc.

Juri kratzte sich am Hinterkopf und versuchte schnell seine Gedanken zu sortieren. Das Zusammensein mit Marc war plötzlich so dicht und nah geworden. War das okay? Andererseits, außer seiner Arbeit und Familie hatte Juri sich in den letzten Jahren keine anderen Kontakte gegönnt, immer war etwas wichtiger, immer musste er seine Bedürfnisse zurückstellen, immer brannte es an allen Ecken und Enden und er musste zur Stelle sein. Aktuell versank er zwar in Arbeit und Projekten, aber der Austausch mit Marc gab ihm auch mehr Kraft und Energie, als er antizipiert hatte.

„Wenn du möchtest, kannst du mit meinem Hauptseminar heute mitlaufen, wir treffen uns um vier Uhr am Stadtpark. Aber wenn das bei dir nicht geht, dann ergibt sich bestimmt auch später eine Gelegenheit", schrieb er zurück, klappte das Gerät zu und lief los.

„Ich freue mich, dass ihr heute gekommen seid", eröffnete Juri die Veranstaltung, als er mit den zehn Studierenden um kurz nach vier im Park stand und es endlich losging.

Das hier war ihm wesentlich lieber als die Vorlesung, denn der Umgang miteinander war entspannter, weniger durch Distanz geprägt, lockerer.

„Stella und Fjodor, ich freue mich, dass ihr dabei seid", er nickte den beiden zu und besonders Stella lächelte mit einem strahlenden Gesichtsausdruck zurück. Scheinbar nichts konnte die Laune der Studentin trüben. Fjodor nickte höflich, der Student, der aus Jaku kam, war emotional so zurückhaltend wie viele, die er kannte und Juri musste spontan Petr denken.

„Antonia und Mick, ihr seid auch wieder dabei", entdeckte er zwei weitere bekannte Gesichter.

„Und ihr seid…", Juri schaute auf seine Anwesenheitsliste, die er aus der Jacketttasche zog.

„Ich bin Gregor", stellte ein junger Mann sich vor.

„Cleef", fuhr ein anderer mit sehr leiser Stimme fort.

„Helena", nahm eine junge Frau, dessen Stimme etwas düster klang, den Faden auf.

„Britt und Andrea", die zwei sahen wie Geschwister aus.

„Kel", sagte der letzte in der Runde.

„Sehr schön", Juri steckte den Zettel wieder ein und legte die Hände vor sich zusammen. „Gleich geht es los."

Aus einer anderen Tasche produzierte er eine Skizze mit einer vagen Karte und studierte diese einen Moment, während die Studierenden in kleine Gespräche vertieft waren. Als er die Karte wieder einsteckte und den Blick aufrichtete, sah er, dass Marc zu ihnen gejoggt kam.

„Sorry, ich hab deine Nachricht erst spät gelesen", rief er und blieb schließlich außer Atem vor Juri stehen.

„Du hättest dir nicht die Umstände machen brauchen…", fing Juri an.

„Doch, doch", erwiderte Marc bestimmt und öffnete den Reißverschluss seiner Jacke, weil ihm sicherlich so warm war. Da drunter trug er ein kräftig blaues T-Shirt und Juri wunderte sich, dass ihm nicht zu kalt war. Für Juri war jetzt im Februar definitiv noch lange-Ärmel-Wetter.

„Das ist Marc, er ist ein Mitarbeiter der Stadtverwaltung", stellte er ihn der Runde vor und ein begrüßendes Gemurmel brach aus. „Er wird uns heute begleiten, aber sonst ist alles wie immer."

„Danke, dass ich dabei sein darf", Marc machte eine leichte Verbeugung.

„Nun, es geht los. Ich werde die Veranstaltung leiten und wenn irgendwelche Fragen oder Unklarheiten sind zwischendrin, dann unterbrecht mich einfach", Juri lief ein paar Schritte voran und die anderen folgten ihm. Marc war rechts von ihm. „Ich beginne gerne mit dieser Veranstaltung, weil ich euch daran erinnern will, dass wir alle intensiv mit der Welt verankert sind. Vielleicht auch die Welt sind? Wer weiß schon, wo die Trennung da verläuft, was denkt ihr?"

„Wir atmen die Welt jeden Moment ein und aus, also gibt es keine Trennung", sprang ihm Stella bei und Juri schenkte ihr ein lobendes Lächeln.

„Was denken die anderen?", fragte er weiter.

„Wir nehmen jeden Tag Nahrung auf und geben Teile davon wieder ab", sagte der junge Student Kel.

„Korrekt", nickte Juri. „Das sind alles Dinge, die greifbar sind für uns. Aber was ist mit unseren Gedanken, Ideen, Vorstellungen, Gefühlen? Vor allem, mit denen, die wir mit anderen teilen, wie sozialer Gerechtigkeit, Moral, Sprache, Konflikten, Gesetzen?"

Sie schlenderten langsam durch den größten Park der Stadt, der sich zu dieser Tageszeit langsam anfing mit Sportgruppen zu füllen, die sich allen Arten von Körpertraining, sei es Tanz, Krafttraining, Rückentraining oder Ballsport, widmeten. Andere joggten allein oder schoben Kinderwägen, fuhren Fahrrad oder saßen einfach auf den Bänken, um sich zu unterhalten.

„Stella, kannst du uns berichten, was du wahrnimmst?", sagte Juri und blickte zu der jungen Frau rüber.

„Der Himmel ist grau, aber für den heutigen Tag ist das Klima relativ mild, deswegen sind ziemlich viele Leute unterwegs, denke ich mal. Ich würde gerne bei denen da mitmachen", sie zeigte auf eine Tanzgruppe, „das sieht so locker und frei aus. Hier sieht man überhaupt die Stadt in ihrer lebendigsten Form, so viele Leute kommen zusammen, das ist so schön mitanzusehen und zu erleben und mitzumachen."

„Die Stadt ist auf diesen Formen der Interaktion errichtet, nicht wahr?", ergänzte Kel. „Und es ist ihre Stärke. Dass Menschen unterschiedlicher Hintergründe immer wieder zusammen kommen und nicht für sich bleiben."

„Das ist zumindest die Idee. Wir brauchen uns nichts vormachen. Nur ein Bruchteil der etwa zweihundertfünfzigtausend BewohnerInnen findet ihren Weg hierher, viele suchen keinen Anschluss oder suchen einen, finden aber nichts, das zu ihnen passt", ergänzte Juri.

„Dann sollte es ein größeres Angebot geben", schlug Gregor vor, den Juri als Mela-Pflanze identifizierte, als jemanden, der hier geboren worden war.

„Was denken die anderen?", wollte Juri wissen.

„Das Prinzip der Selbstorganisation", holte Stella tief Luft, „steht einer von oben verordneten Gesellschaftsordnung entgegen."

„Sehr wichtiger Einwand", Juri verschränkte die Arme hinter sich, während die Gruppe langsam weiterlief. „Damit werden wir immer und überall konfrontiert. Das hier alles", er zeigte noch einmal auf den Park, den sie hinter sich ließen, „ist aus sich heraus entstanden. Aber...", er hob seinen Zeigefinger, „... Grundlagen unseres Zusammenlebens werden durchaus von der Stadtverwaltung gesteuert. Man denke an die Schulen, Müllabfuhr, Reparatur der autonomen Bahnen und so weiter. Wie die Prinzipien von Autopoiese und zentraler Steuerung miteinander in Einklang gebracht werden und zu welchen Konflikten es dabei kommt, werden wir das nächste Mal eruieren. Aber jetzt lenken wir den Blick wieder auf unsere unmittelbare Umgebung..."

„Je mehr wir das Zentrum verlassen, desto ruhiger wird es", führte Fjodor aus. „Zu ruhig? In den Vororten gibt es nicht mehr so viel öffentliche Interaktion. Um nicht zu sagen Einsamkeit. Wir laufen jetzt nach Steinhausen, ein Stadtteil, der von trostlosen Wohnhäusern geprägt ist."

„Okay, das ist schon mal gut", nickte Juri, „aber was liegt unter der Oberfläche unserer Beschreibungen. Ich möchte, dass ihr an die sozialen und politischen und wirtschaftlichen Implikationen denkt. Was können wir da herausholen?"

„Durch die Notwendigkeit wirtschaftlicher Produktivität", setzte Mick an, „sind die BewohnerInnen gezwungen, Ausgleichshandlungen zu vollziehen, die sich Sport oder Freizeitaktivitäten nennen. Sie tun dies aus freien Stücken, aber im Grunde dienen diese Tätigkeiten der Erhaltung des wirtschaftlich produktiven Körpers."

„Ja, auch wir in Mela können uns dem nicht entziehen, auch wenn die Grundsätze der Stadt vorgeben, dass wir uns außerhalb der globalen Wirtschaftsströme positionieren, ist und bleibt das eine Illusion, aber eine anscheinend notwendige Illusion, damit wir in unserer Insellogik existieren können", dachte Juri laut nach, während sie nun auf der Straße liefen, an der rechts und links zwei- bis dreistöckige Wohnhäuser standen.

Juri blieb stehen und zeigte auf die Häuser um sich. „Was seht ihr hier?"

Die Studierenden blickten sich um und betrachteten die Balkone, offenen und geschlossenen Fenster, die Hauseingänge und schmalen Pfade zwischen den Gebäuden. Antonia räusperte sich und alle drehten sich um, schauten sie an.

„Menschen leben in viereckigen Konstrukten, um sich vor der Welt und ihren Kräften zu schützen", begann sie mit leiser Stimme. „Die meisten von ihnen sitzen den überwiegenden Teil ihrer freien Zeit allein in diesem Zuhause und grübeln darüber nach, was sie so gesagt und gemacht haben oder machen Pläne für die Zukunft. Dabei mahlen ihre Gedanken wie ein altes Mühlrad und sie zerkleinern die Welt in kleine Stücke, um sie besser verdauen zu können, um sie beherrschen zu können, um sich gleichzeitig jeden Tag neu zusammen zu setzen, um als vollständiges Konstrukt zu erscheinen und rausgehen zu können, eine Repräsentation von sich selbst abliefern zu können."

„Ebenfalls angetrieben von wirtschaftlicher Logik", sprang ihr Mick bei, „wird von ihnen erwartet, dass sie jeden Tag konsistent, selbstbewusst, reflektiert, ausgeschlafen und bei guter Gesundheit das Haus verlassen und wieder betreten. Das ganze Leben dreht sich dann um die Herstellung der Produktivität, sei es die psychische Gesundheit oder die körperliche Fitness oder die soziale Interaktion. Wir müssen in allen Bereichen eine gute Performance abliefern, sonst straft uns die Gesellschaft ab."

„Okay, Mick", Juri kratzte sich am Kopf, „aber bei dir klingt das so, als würde das den Menschen aufgezwungen..."

„Nein, nein", bestritt Mick vehement, „das wird schon seit dem ersten Tag in jeden von uns eingeimpft, wir werden mit diesen Erwartungen bereits geboren, sie sind Teil von uns, also reproduzieren wir diese Prinzipien laufend selbst, das ist nichts, was von außen kommt."

„Sehr gut", er nickte Mick zu. „Antonia, deine Beobachtungen sind ebenfalls sehr genau und zugespitzt, weiter so. Möchte sonst noch jemand etwas zu diesem Ort beitragen?"

Cleef meldete sich und Juri gab ihm mit einer Geste zu verstehen, dass er sprechen konnte. „Ich wohne in diesem Stadtteil", seine Stimme zitterte etwas unsicher, umso erfreuter war Juri, dass er trotzdem etwas sagte. „Und wenn ich nachts wachliege und aufstehe, um aus dem Fenster zu schauen, dann sehe ich natürlich als erstes die Sterne am Himmel", er räusperte sich und schaute rechts und links auf die Leute, ob jemand ihn komisch anschaute, aber das war nicht der Fall. Er holte tief Luft. „Und dann frage ich mich, ob nicht die nächtlichen Träume aller Leute um mich herum miteinander verknüpft sind. Ob nicht alles miteinander verknüpft ist, ob wir nicht alle durch graue oder bunte Ströme von Energie schwimmen, manchmal fortgetragen werden, manchmal fast ertrinken, manchmal verloren gehen und in Abgründe stürzen, manchmal aber auch ineinander aufgehen und nicht Teile eines einzigen Bewusstseins sind."

„Sehr guter Gedanke", Juri hielt den Daumen hoch. „Vielleicht kannst du das bei dem nächsten Wachliegen noch weiter ausbauen, aufschreiben und einbringen. Ich möchte mehr davon hören."

„Okay", nickte Cleef und trat wieder in den Hintergrund.

„Ja, aber in den nächtlichen, dunklen Straßen", schaltete Helena sich ein, „da ist auch so eine dunkle Energie… so viele Schatten… man weiß nie, ob man gerade verfolgt wird oder nicht… die Kälte und Abwesenheit der Sonne treibt nicht nur die Körperwärme nach unten, sondern bringt auch Ängste und sowas wie… innere Dämonen hervor."

„In der Nacht sind definitiv die Schilde heruntergefahren, auch von unserem Bewusstsein", stimmte Juri ihr zu. „Alles, was tagsüber keinen Platz hatte, kommt hervor und verfolgt uns auf die eine oder andere Weise. In diesem Zusammenhang finde ich die Kanalisation äußerst interessant", Juri lief ein paar Schritte und stellte sich auf einen Kanaldeckel.

Die anderen kamen hinzu und stellten sich im Kreis um ihn herum.

„Ist es nicht verrückt, was da alles von unserer Stadt jeden Tag gesammelt wird und niemand bekommt es jemals zu Gesicht. Was denkt ihr?", fuhr Juri fort.

„Ja, okay, aber irgendwie ist es auch ein notwendiger Bereich unserer Zivilisation, nicht?", warf Kel ein. „Unsere Städte würden furchtbar aussehen ohne Kanalisation. Und wenn sie nicht funktioniert bekommt das jeder zu spüren."

„Oh, ja, das kann ich nur bestätigen", meldete sich Marc das erste Mal zu Wort.

„Ich glaube diese unterirdischen Netzwerke sind irgendwie auch wunderschön, oder? Ich würde gerne mehr darüber erfahren, kann man nicht eine Führung dazu anbieten oder so?", Kel wandte sich an Marc.

„Na klar, mein Kollege Serg würde das sicher gerne machen, er ist sowas wie der Experte für die Unterwelt von Mela."

Die Studierenden lachten.

Sie liefen weiter und durchquerten Steinhausen, kamen an den Rand des Stadtteils.

„Hier franst unsere Stadt langsam aus", sinnierte Juri, „was kommt am Ende von Mela?"

„Es ist schwer eine definitive Linie zu ziehen, an der Mela aufhört und die Außenwelt anfängt", erwiderte Stella. „Die Stadt schleicht sich langsam aus, wird immer weniger. Die Häuser werden kleiner, der Abstand zwischen ihnen größer, bis sie ganz verschwinden. An ihre Stelle tritt eine Art Unordnung. Gestrüpp, Bäume, Wanderwege, Wildpfade, umgefallene Bäume, die quer liegen, Tümpel und Matsch."

„Zumindest hier an *diesem* Ende von Mela", ergänzte Juri, während sie sich durch einen vagen Wanderweg

schlugen. „An anderen Stellen liegen alte Industriege-
biete, Bauernhöfe und Felder von den Zulieferern, eine Ei-
senbahnstrecke, die uns mit dem Rest der Welt verbindet
und so weiter. Und das hier ist einer der wenigen Zugänge
zu ‚Natur', den wir hier haben. Was denkt ihr dazu?"

„Dass die Natur keine Natur ist, denn das Natürliche
ist uns nie zugänglich, es bleibt immer eine Konstruktion
in unseren Köpfen. Und können wir sie nicht am ehesten
erfahren, wenn wir sie gar nicht vor uns haben, so wie in
dem Park?", eruierte Gregor.

„Ich mag es hier", rief Cleef hinter ihnen irgendwo,
weil der Weg so schmal war. „Ich gehe öfter hier lang, weil
das Rauschen der Bäume beruhigend wirkt. Alles in mir
kommt dann zur Ruhe und das Rattern der Gedanken
wird in den Hintergrund gedrängt."

„Eine reizarme Umgebung hat diese Wirkung auf
uns", bestätigte Juri, „gleichzeitig wirken die sich wieder-
holenden, aber nicht monotonen Geräusche und Bewegungen wie das Blätterrauschen beruhigend auf unser
Nervensystem. Aber was können wir hier noch entdecken?"

„Die Grenzen der Stadt zu erreichen durchzieht mich
mit Beklemmungen", Helena schlang die Arme um sich.
„So als würde man schutzlos den Gezeiten des Lebens
ausgesetzt werden, als könnte einen nichts mehr halten
und man könnte jeden Moment zermalmt werden."

„Ich glaube vielen in Mela geht es so", pflichtete Juri
ihr bei. „Wir sind eine Stadt von Geflüchteten, von Schutz-
suchenden, von getriggerten und verängstigten, ver-
schreckten, sich verkriechenden Gestalten, in deren Knochen immer noch tief die Erinnerung daran steckt, wie unerträglich es war, in einer unsicheren, unberechenbaren,

gefährlichen Umgebung zu leben und jeden Moment um sein Leben zu fürchten. Das lässt sich nicht einfach ablegen", Juri blieb bei einer alten Buche stehen, die unermesslich hoch in den Himmel ragte. „Gerade letztes Jahr, als es zu dem globalen Konflikt zwischen Maana und Neu! kam, wurde die Angst, zwischen den politisch übermächtigen Riesen der Welt zerquetscht zu werden, wieder hochgespült. Jeder reagiert anders darauf. Es kam zu Ausschreitungen, Suiziden, aber auch einer vermehrten künstlerischen Produktion, die uns vielleicht den Kragen rettete, wer weiß. Natürlich reagieren nicht alle in Mela so extrem darauf. Nicht jeder musste vor Ungerechtigkeit flüchten", Juri schluckte schwer und zwang seine Stimme zu einem normalen Tonfall, „manche kommen einfach, weil sie nicht weiter wissen, andere wollen wirtschaftlichen Zwängen entkommen, andere sind hier geboren und aufgewachsen und haben damit eine andere Geschichte als die Zugewanderten."

Für eine Zeit sagte niemand mehr etwas.

„Wenn ich die Wälder sehe", durchbrach Fjodor die Stille, „dann sehe ich auf der einen Seite die Birkenwälder meiner Heimat Jaku, die für mich wichtig waren, aber auch die Wälder, durch die ich mich schlagen musste, um hierher zu kommen. Und ich wusste nie, ob ich dort ankomme, wo ich hinwollte. Ich habe bei Maana gearbeitet und als es zum Konflikt kam, bin ich geflohen, obwohl es unter der Androhung von Haftstrafen verboten war. Dieses Rennen durch die Wälder…"

Er brachte den Satz nicht mehr zu Ende und sein Blick schweifte in die Ferne. Juri konnte sich vorstellen, was in ihm vor sich ging, auch wenn er selbst regulär eingereist war und nicht querfeldein flüchten musste.

„Ich habe es schon mehrfach gesagt und ich werde es immer wieder tun", Juri fing Fjodors Blick wieder ein, „die fundamentalistische Konzernführung von Maana durchschneidet und stampft die Verbindungen aller, die an ihnen dranhängen bewusst und als politisches Programm ein, verstümmelt die Menschen mental stärker als jeder andere Konzern und versucht diese Prinzipien auf die ganze Welt auszubreiten. Leider sind sie mit ihrem Monopol auf Lebensmittelproduktion fast unangreifbar, die Welt hängt an Maana und damit auch an den Spielregeln des Konzerns. Man kann nur gespannt sein, wann und wie der nächste Konflikt aufbricht."

Nach einer kurzen Pause fügte er hinzu: „Ich denke für heute ist es genug, es fängt schon an zu dämmern."

Die Gruppe setzte sich wieder in Bewegung, aus dem Wäldchen heraus und in Richtung Steinhausen.

„Wir werden nächste Woche eine Auswertung der heutigen Beobachtungen vornehmen, ich sehe euch dann im Seminar. Und wenn jemand Lust hat, sich dazuzuschalten, von Freitag bis Sonntag findet die internationale Konferenz für Gesellschaftswissenschaften statt, an der ich mit einigen Beiträgen teilnehmen werde", beendete Juri das Seminar.

Es wurden Verabschiedungen gemurmelt und die Gruppe verstreute sich nach und nach in verschiedene Richtungen. Nur noch Marc lief neben ihm. Juri atmete ein paar Mal tief ein und aus, um die Anspannung, die sich unbemerkt angesammelt hatte, entweichen zu lassen.

„Das lief besser, als ich gedacht hatte", murmelte er abwesend und ließ ein paar der Gespräche vor seinem inneren Auge Revue passieren.

„Machst du das in dieser Form jedes Semester?", fragte Marc, als sie zusammen den Weg zur Bahnhaltestelle liefen.

„So oder so ähnlich, ja. Es scheint mir ein guter Einstieg in das Studium zu sein. Die Studierenden sitzen sowieso noch genug an Büchern und wälzen Literatur und Analysen. Ich finde, man sollte dabei den Bezug zu seiner Umgebung nicht verlieren."

Marc war eine Weile still und Juri knöpfte sich das Jackett zu, weil es kühler geworden war.

„Diese Inhalte", setzte Marc wieder an, „sie werden aber auch in konkrete Analysen und Handlungsanweisungen überführt, oder?"

„Wie meinst du das?"

„Na, das Studium ist eine Art Ausbildung und es wäre ja gut, wenn diese sehr aufmerksamen und klugen StudentInnen nach ihrem Abschluss für die Stadt arbeiten könnten, wenn sie einen Beitrag für das, was wir für das Aufrechterhalten der kommunalen Strukturen brauchen, leisten könnten."

Juri wälzte diese Worte ein paar Mal in seinem Kopf hin und her.

„Ich befürchte, deine Erwartungen würden eher enttäuscht werden. Aus diesen Leuten werden in der Regel keine KrankenpflegerInnen oder DachdeckerInnen, auch wenn wir diese dringend brauchen."

„Ja, aber welchen Sinn hat das Ganze denn dann? In keinem Bereich, von dem Mela profitiert, also auch Kunst und Kultur, können die AbsolventInnen eingesetzt werden. Sie können philosophieren, okay, aber reicht das?"

Juri lief etwas langsamer und blieb schließlich stehen. Das war sein wunder Punkt, das wusste er. Dass er verkopfte und abgehobene WissenschaftlerInnen produzierte, die keine spezifische Verwendung in Mela hatten. Auch wenn er genau dafür von der Stadt eingestellt worden war, um mit dem weltweiten Niveau in Gesellschaftswissenschaften mithalten zu können und nicht abgehängt zu werden. Und seinen Auftrag nahm er sehr ernst.

„Ich meine", Marc schaute ihn versöhnlich an, „ich muss jeden Tag mit Fachkräftemangel kämpfen. Die ganze Stadt ächzt darunter. Egal welcher Bereich, ob BaggerfahrerIn oder ElektrotechnikerIn, es fehlt an qualifiziertem Personal. Und es vergeht kein Tag, an dem wir als Team der zentralen Dienste nicht Angst haben, dass irgendein Teil der Stadt oder sogar alles in sich zusammenfällt, weil die Lücken nicht mehr überbrückt werden können. Und hier bei dir sind die wissbegierigen jungen Leute…"

Juri seufzte und lief langsam weiter. Er merkte, dass er sich furchtbar über Marc aufregte, auch wenn er das gar nicht wollte, es kam einfach über ihn. Er fühlte sich schuldig für etwas, an dem er gar nicht schuld war. Er fühlte sich nicht ernst genommen, vielleicht sogar abgewertet. Er konnte nicht viel dazu sagen, weil er keinen Streit wollte. Nicht jetzt und hier und mit Marc. Vielleicht zu einem anderen Zeitpunkt, aber nicht jetzt.

Kurz bevor sie an der Haltestelle ankamen, sagte Juri: „Ich weiß wie du das meinst, aber ich kann deine Meinung nicht teilen. Wir sprechen da aus verschiedenen Perspektiven. Es tut mir leid, wenn ich es nicht geschafft habe, dir meine zu vermitteln, das ist mir anscheinend nicht gelungen."

Juri biss sich auf die Zunge und vermied Marcs Blick. Er wusste, das alles klang gekränkt und abweisend. Vielleicht waren sie sich in den letzten Tagen einfach zu nah gekommen. Juri wusste schon, warum er das vorher all die Jahre nicht zugelassen hatte.

„Hey", sagte Marc sanft und berührte Juri am Oberarm. „Es tut mir leid, meine Kritik war vielleicht zu direkt, unbedacht. Es war nicht so gemeint."

„Nein, das ist es nicht", Juri trat einen Schritt von ihm weg und sah, dass die Bahn herankam. „Du darfst das alles sinnlos und ziellos finden, wirklich, das steht dir zu. Und ich muss die Stärke aufbringen, diese Kritik anzunehmen, das gehört zu meinem Job dazu und ist nicht das erste Mal, dass ich das höre."

Die Bahn stoppte vor ihnen und die Türen gingen auf.

„Das stimmt nicht, das ist nicht das, was ich gesagt habe", bemerkte Marc und stieg ein.

„Ich denke, ich laufe heute lieber", Juri drehte sich weg und verschwand in die entgegengesetzte Richtung.

6

Später, als Juri im Bett lag und den Tag Revue passieren ließ, fand er seine Reaktion kindisch und unreif. Er hätte auch konstruktiv auf die Kritik reagieren können. Er hätte das Gespräch auf ein anderes Thema lenken können. Irgendwas. Aber nicht einfach weglaufen. Von Marc hatte er für den Rest des Abends nichts mehr gehört und er wollte sich auch nicht mehr bei ihm melden.

Es war gut, dass sie das Projekt des Museums zusammen machten, aber mehr war da wohl nicht drin. Zu unterschiedlich waren ihre Leben und Perspektiven auf die Welt. Marc war es gewohnt, die Dinge zu planen, anzupacken und umzusetzen. Juri verlor sich oft in einer theoretischen Welt und liebte es, die Dinge so viel wie möglich zu abstrahieren. Je mehr desto besser. Marc spielte in einer Band, blieb bestimmt die halbe Nacht wach, um die neuesten Platten zu hören und lebte allein. Juri ging früh schlafen und zog zwei Kinder groß. Marc kam aus Mela und hatte eine gesunde Portion Vertrauen in die Welt. Juri kam aus Jaku, eine Region, in der er sich oft klein machen und verstecken musste, um durchzukommen. Marcs Familie lebte hier und sie verstanden sich wohl einigermaßen gut. Juri dagegen hatte seit Jahrzehnten keinen Kontakt zu seiner Familie, nur noch zu der Schwester seines verstorbenen Ehemanns. Und so ging die Aufzählung immer weiter. Juri drehte sich auf die andere Seite. Das alles machte ihn sehr müde.

Am nächsten Tag hatte er mal keine Veranstaltung und konnte sich um ein paar Dinge kümmern, die in den letzten Tagen liegen geblieben waren. Schließlich war er sein eigener Sekretär, Hilfswissenschaftler, Doktorand und wissenschaftlicher Angestellter. Den winzigen Uni-Betrieb musste er ganz allein bewältigen. Als er in seinem Büro Unterlagen sortierte, rief ihn sein Kollege Steege an.

„Hallo Juri", rief dieser sobald Juri auf Annehmen geklickt hatte. „Lang nicht mehr gesehen. Wollte mich mal vor der Konferenz mit dir kurz schließen."

„Gute Idee. Wie laufen die Vorbereitungen?"

„Heute ist Mittwoch und Freitag geht es los. Was denkst du", lachte Steege und nahm einen Schluck aus seiner Kaffeetasse. „Du wirst es nicht glauben", er stellte die Tasse wieder ab und rieb sich die Hände. „Wir haben so viele Anmeldungen wie noch nie", das letzte Wort zog er übertrieben in die Länge.

„Vielleicht ist es der Titel, der die Leute anlockt: ,Neue Wege in den Gesellschaftswissenschaften angesichts der globalen Konfliktlinien'. Schade, dass die meisten nicht wissen, dass es eine sehr langweilige Veranstaltung wird."

Steege lachte wieder in dem für ihn charakteristischen tiefen Ton und schüttelte den Kopf. „Du hast recht. Vielleicht sollten wir die Inhalte im letzten Moment noch aufpeppen? Ich zähle auf dich."

„Puh, das wird schwer…", Juri rieb sich die Schläfen.

„Hey, du siehst müde aus, was ist los?", fragte Steege, nun wieder ernst.

„Semesterbeginn. Alles auf einmal. Und ich habe mir diesmal auch noch fest vorgenommen das Stadtmuseum auf Vordermann zu bringen. Das hat mich jetzt etwas beschäftigt."

„Oh, das ist gut, dass du aus deinem Trott rauskommst. Vielleicht lernst du dabei mal neue Leute kennen. Nicht immer nur uns WissenschaftlerInnen, die wir hunderte und tausende von Kilometern weit weg sind und nicht nur die anderen Eltern, die du durch deine Kinder kennst und nicht nur die alten Leute, die deine Bibliothek aufsuchen."

„Hey, auf die lass ich nichts kommen, die sind super."

„Ja, aber du hast auch jemanden verdient, der dich glücklich macht", zwinkerte Steege ihm zu.

„Niemand will mich glücklich machen", lachte Juri trocken. „Wie geht es deiner Frau und Kindern?"

„Alles super. Der Jüngste zieht im Sommer aus, Wahnsinn, oder?"

„Bei Lea wird das noch dauern, wenigstens ein paar Jahre."

„Und dann geht sie nach Jaku."

„Meine persönliche Horrorvorstellung."

„Kannst du es ihr verdenken, dass sie ihre biologische Mutter und Schwester von Ilja kennen lernen will? Du hast diesen Kontakt quasi seit Jahren eingeschränkt."

„Das stimmt nicht", Juri hob seinen Zeigefinger und holte tief Luft. „Die beiden haben Kontakt, auch Petr hat Kontakt zu Olena. Aber mehr gibt es nicht. Ich kann nicht erlauben, dass diese Verwandtschaft mit ihren toxischen Einstellungen meine Kinder manipuliert. Ich hatte davon genug in meinem Leben, das muss nicht an die nächste Generation weiter gegeben werden."

„Ich verstehe dich. Auch hier in der Ostebene gibt es genug solcher Strömungen. Keine christlichen Fundamentalisten, aber sehr enge Vorstellungen von gesellschaftlichen Normen. Jeder, der da rausfällt, ist durch, wird nicht mehr als wertvolles Mitglied der Gesellschaft angesehen."

„Sobald Lea erwachsen ist kann sie ihre eigenen Erfahrungen machen, das ist dann so", grummelte Juri und klickte unruhig mit einem Kugelschreiber.

„Es bleibt uns wohl nichts anderes übrig. Hab ich alles durch bei meinen Kids. Das wird schon. Wie ist es mit Petr?"

„Alles gut, er steckt mitten in den Vorbereitungen für die Abschlussprüfungen. Ich bin manchmal erstaunt, wie selbstständig er alles macht, schon immer gemacht hat. Ich wünschte nur, er würde mehr von sich erzählen. Hat er einen Freund oder eine Freundin? Was treibt ihn um? Ich weiß es nicht und wenn ich frage, bekomme ich keine Antwort."

„Er musste irgendwie auch so schnell erwachsen werden, vermute ich."

„Das stimmt. Ich habe den Verdacht, dass er seit dem Tod von Ilja immer so viel Rücksicht auf *mich* genommen hat. Unbewusst. Aber das sind diese Verstrickungen. Man kommt da nicht so einfach wieder raus."

„Du bist ein toller Vater, Juri, da bin ich mir sicher. Ich wüsste nicht, wie ich das alleinerziehend geschafft hätte. Und es wird bestimmt wieder eine Zeit kommen, in der Petr sich mehr öffnet. Bleib einfach dran."

„Du hast recht....", Juri blickte in die Ferne, kam dann aber wieder zurück.

„Also, wir sehen uns am Freitag", Steege lächelte ihm zu.

„Alles klar, bis dann."

Sie verabschiedeten sich und Juri fuhr mit dem Organisieren seines Fachbereichs fort. Zwischendurch schaute er auf seine Nachrichten-App und sah, dass in der Museums-Gruppe etwas geschrieben wurde. Neev informierte ihn darüber, dass die Räume wahrscheinlich Ende nächster Woche bezugsfertig werden würden. Juri freute sich darüber und teilte ihr das mit. Er versprach, dass er

Anfang der Woche mit dem Sortieren anfangen würde. Nach der Konferenz.

Am nächsten Tag, Donnerstag, spürte er eine deutliche Steigerung seiner Anspannung. Diese Woche hatte es wirklich in sich. Also beschloss Juri an der Uni früher Schluss zu machen und in den zwei Stunden, die ihm noch bis zum Abendessen mit seinen Kindern blieben, in die alte Bibliothek zu fahren und sich von dem sonstigen Trubel ablenken zu lassen.

Als er die Räume betrat, überschwemmte ihn sofort eine Welle von Wohlgefühl. Er atmete ausgiebig aus und spürte, wie alles in ihm zusammensackte. Er schloss die schwere Tür hinter sich und war froh, dass niemand sonst anwesend war. Das baufällige, zweistöckige Gebäude beherbergte bis vor vielen Jahren die Bibliothek der Stadt, bis eine neue, größere, modernere und leichter zu erreichende Einrichtung in der Innenstadt in der Nähe der Universität eingerichtet wurde. Alle alten Wälzer, die nicht mit umgezogen waren, blieben hier und Bibliophile aus allen Ecken schleppten immer wieder neue Bücher aus ihrem Bestand an, um sie hier anderen zur Verfügung zu stellen. Von soziologischen bis zu philosophischen Werken hatten sie hier alles, was nicht mehr aktuell oder zu sehr abgenutzt war, daneben alte Atlanten und Lexika. Dazu kamen etliche Regale an Romanen aus dem Bereich Krimi, Thriller, Science Fiction, Fantasy und Kinderbücher. Die Belletristik war oben.

Juri sah sich als denjenigen, der den Bestand im Auge behielt und eine gewisse Ordnung implementierte, aber auch beratend zur Seite stand. Nachdem er angekommen war, legte er sein Jackett und seine Tasche ab, schaute als erstes in die Kiste mit der Rückgabe rein und dann in die mit den Buchspenden. Bei beiden waren Dutzende von Büchern dazugekommen. Er nahm sich ein paar und studierte diese kurz. Überlegte, wo er sie einsortierte. Dieser Vorgang war es, der ihn so enorm entspannte. Niemand stellte Anforderungen an ihn, niemand beurteilte ihn oder schrieb ihm etwas vor. Er musste noch nicht einmal ein Ziel erreichen, sondern nur vor sich hin murmeln und durch die Gänge zwischen den Buchregalen schlurfen.

Innerhalb von Minuten geriet er dabei in einen Flow, der ihn alles andere vergessen ließ. Manchmal musste er an der Grundstruktur der Sortierung feilen und sich überlegen, welche Bücher er wo hin verschob, besonders, wenn auf einmal wie bei einer Haushaltsauflösung viele neue Bänder hinzu kamen oder in einem anderen Bereich viele wegfielen, weil auf einmal jeder politische Thriller lesen wollte und die Bücher auch nicht zurückgebracht wurden. Das liebte Juri besonders. Der Plan in seinem Kopf von der Grundstruktur wurde dabei immer wieder neu angelegt, um sich den Gegebenheiten anzupassen.

Zwischendurch ging immer mal die Tür auf und jemand schlich in das Gebäude, grüßte kurz und verschwand sogleich in seinem Lieblingsregal. Mit einigen unterhielt er sich kurz und man freute sich, dass der andere noch da war und diesen gemeinsamen geheimen Ort aufsuchte. Hier hatte er auch Neev und ihren Freund Theo kennen und schätzen gelernt. Sie waren ein tolles Paar, beide sehr nachdenklich und vorsichtig. Das mochte er an anderen immer besonders. Außerdem hatte Neev ihm versprochen, dass sie das Gebäude erhalten lassen würde, wenn es endgültig in sich zusammenbrach. Das war ihm wichtig.

Als er wieder zu dem Stapel am Eingang zurück gekehrt war, um neue Bücher für das Einsortieren zu holen, öffnete sich wieder die Tür und Marc kam herein. Juri war kurz verwirrt und wusste nicht, was er machen sollte. Dann brachte er ein „was machst du hier?" heraus.

„Ich wollte mit dir reden. Und da du nicht an der Uni und nicht im Museum warst, dachte ich, ich versuche es hier mal", er wirkte etwas außer Atem und blickte ungewohnt unsicher nach rechts und links.

„Okay", sagte Juri bloß trocken und blickte sich um.

Zwei andere Leute saßen an den Tischen und blätterten in Büchern. Ein weiterer war oben, sofern er sich richtig erinnerte. Dann nahm Juri seine Bücher und lief zu den entsprechenden Regalen, um ihren rechtmäßigen Platz zu suchen oder ihnen erstmals einen zuzuweisen. Natürlich konnte er sich auf rein gar nichts mehr vor sich konzentrieren, ließ sich aber umso mehr Zeit mit der Arbeit. Marc lief ihm hinterher, wie er feststellte.

„Ich wollte mich bei dir entschuldigen", sagte Marc irgendwo hinter ihm, „es war nicht fair von mir einen Tag deine Arbeit kennen zu lernen und dann gleich solche Kritik zu üben."

„Nein, das ist wirklich nicht notwendig", Juri drehte sich um und hielt eine Hand vor sich, wie um Marc zu stoppen. „Keine Entschuldigung nötig, wirklich. Es gibt nichts, wofür du dich entschuldigen müsstest."

Juri wandte sich wieder den Büchern zu, in der Hoffnung, dieses unangenehme Gespräch endlich losgeworden zu sein. Marc konnte jetzt einfach gehen und Juri konnte weiter damit fortfahren, in seinem sicheren Kokon zu werkeln, ohne über komplizierte Angelegenheiten nachdenken zu müssen.

„Okay, wenn du keine Entschuldigung von mir willst", Marc stand jetzt auf der anderen Seite des Bücherregals und schaute durch eine Lücke zwischen den Büchern zu Juri rüber. „Warum habe ich dann das Gefühl, dass es eine Anspannung zwischen uns gibt?"

Juri seufzte und senkte den Blick. Hielt sich an einem Buch fest, als ob er sonst den Halt verlieren könnte. „Tut mir leid, es gibt einfach so viel Druck von allen Seiten und ich habe überreagiert. Es war nicht fair von mir."

Juri lief weiter und Marc folgte ihm auf der anderen Seite, bis Juri an einer anderen Stelle stehen blieb. Marc schaute zu ihm rüber und kratzte sich am Kinn.

„Ist das alles?", fragte Marc.

„Was, ‚alles'?", erwiderte Juri und ging zurück zum Eingang, um sich fünf Science-Fiction-Bücher zu holen.

„Na, ich habe das Gefühl, da ist noch etwas Unausgesprochenes", erläuterte Marc.

„Nein."

„Und warum wirkt es so, als würdest du von mir weglaufen?"

„Ich laufe nicht vor dir weg", Juri drehte sich um und stieg die Treppe in den ersten Stock hoch. „Ich mache nur meine Arbeit."

Eine junge Frau mit drei Büchern unterm Arm kam ihnen entgegen und Juri grüßte sie höflich. Dann verschwand er im hintersten Bereich, in einer Art Sackgasse.

„Okay", Marc atmete tief ein und aus. Er stand jetzt so, dass Juri nicht rauskonnte, es sei denn, er lief an ihm vorbei. „Dann werde ich den Anfang machen und dir sagen, dass ich das Gefühl habe, da ist mehr zwischen uns, dass wir eine connection haben, die ich sonst nicht mit vielen Leuten spüre, dass wir uns in den letzten zwei Wochen unglaublich nah gekommen sind."

Juri hielt kurz inne und starrte nach vorne auf eine ganz gute, aber in Vergessenheit geratene Science-Fiction-Reihe, die aus sechs Teilen bestand. Sein Kopf war wie leer gefegt.

Marc kam noch zwei Schritte näher. „Was denkst du?", sagte er sanft.

„Marc…", Juri drehte sich zu ihm, nahm seine Brille ab und griff sich an die Nasenwurzel. „Es würde keinen Sinn ergeben. Wir sind zu verschieden, das hast du doch gesehen, oder? Unsere gesamten beruflichen und familiären Kontexte, unsere Mentalitäten, du bist jung…"

„Ich bin nur sechs Jahre jünger als du", lächelte Marc.

„Ja, okay, das sind die Zahlen, aber du führst auch ein viel jüngeres Leben als ich. Du spielst in einer Band und hast keine Kinder, du bist selbstbewusst und spontan, lebensfroh. Du verdienst es mit jemanden zusammen zu sein, der dir diese Energie nicht entzieht wie ich, sondern zurückgibt…", Juri gestikulierte mit den Händen und drehte sich wieder um, nahm ein wahlloses Buch in die Hand, obwohl er nicht wusste, was er damit machen sollte.

„Hm", Marc kam noch zwei Schritte näher und stand jetzt direkt neben Juri. „Aber… du spürst auch diese Anziehungskraft zwischen uns?", er schluckte hörbar.

„Verdammt, Marc, du weißt ganz genau, dass ich sie spüre", Juri warf das Buch in seiner Hand achtlos in eine Lücke des Regals. „Aber hast du gehört, was ich gesagt habe?", Juri durchsuchte in dem schummrigen Licht Marcs Gesicht danach, ob er verletzt oder enttäuscht war, konnte es aber nicht vollständig lesen.

„Ich habe deine Einwände gehört und verstanden. Aber ich will, dass du es aussprichst", sagte Marc mit rauer Stimme.

„Was?"

„Dass du mich willst."

Juri trat einen Schritt nach hinten und stieß gegen die Wand, die sich am Ende dieses Ganges befand. Wortlos blieb er dort stehen. Er konnte nicht glauben, mit welcher Direktheit Marc diese Dinge aussprach. Wie sehr er ihn aus der Komfortzone herausbrachte. Es verfehlt seine Wirkung nicht. Juri fühlte sich merkwürdig entblößt, als würde alles, was er normalerweise so sorgsam versteckte und vergrub, ans Licht gezerrt und aller Welt offenbart. Er schluckte mehrmals schwer und kniff die Augen zusammen, seine Brille immer noch in der Hand. Er wollte alles verleugnen, aber Marcs Anwesenheit war so unmittelbar und unausweichlich, dass es einfach nicht ging.

„Ja, es stimmt, ich will dich."

„Was genau?"

„Dich berühren, mit dir sprechen, Zeit verbringen, dich um mich herum wissen."

Marc ging auf ihn zu, legte seine Hände auf Juris Hüften, drückte seinen Körper an Juris und küsste ihn, zuerst sachte und vorsichtig, dann fordernd und bestimmt. Juri blieb die Luft weg, er gab hilflose Geräusche von sich und spürte wie sein Körper nachgab, dass er nur noch von Marcs Entschlossenheit und Zielstrebigkeit aufrecht gehalten wurde. Und Juri wusste nicht, wann er sich das letzte Mal einem anderen Menschen so hingegeben hätte. Selbst die Beziehung zu seinem Ehemann war eher kühl und distanziert gewesen, ihre beiden Herkünfte ließen etwas anderes anscheinend nicht zu. Sie hatten es beide nicht anders gelernt und wussten nicht, wie sie über ihre Sehnsüchte und Wünsche sprechen konnten und dabei blieb es dann auch.

Irgendwo in der Ferne hörte Juri Gespräche unweit von ihnen, sodass er und Marc sich ihrer Umgebung wieder besannen und kurz nach Luft schnappten, auch wenn sie immer noch aneinanderhingen und sich mit ihren Händen und Armen hielten, als ob es ihr letztes Aufeinandertreffen sein könnte.

„Wieso versuchen wir es nicht einfach?", sagte Marc atemlos und drückte seine Stirn an Juris. „Ich verstehe deine Ängste, aber was hast du zu verlieren, wenn wir dem Ganzen einfach eine Chance geben?"

„Okay", atmete Juri aus. Es blieb ihm sowieso nichts anderes übrig, nicht nach diesem Kuss.

„Gut", Marc wirkte erleichtert. „Aber du musst mir versprechen, dass du mich nicht einfach stehen lässt, wenn etwas ist", er löste sich von Juri und schaute ihm in die Augen. „Dass du mit mir sprichst. Dass du nicht wegläufst. Wenn du dich über mich ärgerst oder nichts mehr mit mir zu tun haben willst, dann sprich mit mir, okay?"

„Das ist nur fair", nickte Juri und fuhr sich kurz durch die verstrubbelten Haare. „Ich bin insgesamt nicht gut im Reden, aber ich werde es versuchen."

„Du bist wahnsinnig gut im Reden, ich habe es gesehen", grinste Marc und zupfte seine Kleidung zurecht.

„Ja, aber nicht über sowas. Ich war seit über zehn Jahren mit niemandem zusammen und selbst die Beziehung zu meinem Mann war nicht gerade von einer blühenden Kommunikation geprägt. Das ist das, was ich meinte, wir beide stammten aus Jaku, du kennst die Werte und Prinzipien, die das Leben dort prägen. Verklemmtheit, Scham, kaum Akzeptanz für alles andere außer heterosexuelle Beziehungen, traditionelle Familienmodelle, keine Einsicht in psychische Erkrankungen, insgesamt eine Mentalität, der nach Probleme unter den Teppich gekehrt werden. Das höchste der Gefühle ist, dass dazu gebetet wird. Ich habe nichts gegen beten, aber es löst nicht alle Probleme, vor allem nicht gesellschaftliche."

„Ich verstehe", Marc legte seine Hand auf Juris Schulter und strich über seinen Nacken. Juri musste alle Willenskraft aufbringen, um sich nicht hilflos da rein zu lehnen. Doch Marc merkte es wohl so oder so. Er nahm seine zweite Hand und zog Juri zu sich, sodass sie sich wieder küssen konnten, aber diesmal kürzer.

Die Stimmen aus ihrer Umgebung kamen näher und zwei andere Leute standen plötzlich in ihrem Gang.

„Juri?", sagte Birte, die er ganz gut kannte.

„Hi", quetschte Juri atemlos hervor, nachdem Marc einen Schritt zur Seite gegangen war.

„Sorry, ich wollte nicht stören", sie riss die Augen weit auf.

Juri schaute auf die Uhr seines Taschencomputers. „Es ist schon fast sechs Uhr. Verdammt, ich muss los", er schaute zu Marc rüber. „Morgen ist die Konferenz, aber ich melde mich, okay?"

„Na klar", nickte Marc und sie warfen sich einen letzten Blick zu.

Und damit lief Juri nach unten, um seine Sachen zu holen.

7

„Es wird heute spät werden", gähnte Juri am nächsten Morgen am Frühstückstisch. „Ich weiß nicht genau, wann wir fertig sind. Abendessen steht im Kühlschrank, ihr könnt es euch aufwärmen."

Lea und Petr nickten und löffelten ihr Müsli.

„Petr, nächste Woche ist die letzte Klausurrunde vor deinen Abschlussprüfungen", fuhr Juri fort. „Es tut mir leid, dass ich das Wochenende so belegt bin. Was brauchst du noch an Unterstützung von mir?"

„Mach dir keine Sorgen, ich bin gut vorbereitet. Ich werde am Wochenende die meiste Zeit mit anderen lernen, entweder bei denen oder hier."

„Alles klar. Und du, Lea?"

„Darf ich heute bei Nova übernachten?"

„Wenn ihre Eltern einverstanden sind, ja. Es wäre gut, wenn ihr hier nicht zu viel Trubel veranstaltet, ich werde vom Arbeitszimmer aus an der Konferenz teilnehmen, also währenddessen keine Partys hier feiern, okay?", er zwinkerte den beiden zu.

Es war allen Anwesenden völlig klar, dass Petr keine Partys feierte und Lea höchstens zu laut mit ihren FreundInnen lachte und quatschte.

Als die Kinder aus dem Haus waren, bereitete Juri seinen Platz am Computer vor und bestückte ihn mit allem Notwendigen: seinem Vortrag, Notizblock, Essen und Trinken. In den kurzen Pausen zwischendurch wollte er die Zeit nicht damit verbringen, nach irgendwas suchen zu müssen.

Als er später da so saß und sich das Headset aufgesetzt hatte, holte er das letzte Mal vor Beginn seinen kompakten Computer hervor und nahm sich fest vor, eine Nachricht an Marc zu schreiben. Juri hatte die ganze Nacht sehr unruhig geschlafen, da ihm das gemeinsame Aufeinandertreffen in der alten Bibliothek nicht aus dem Kopf gegangen war. Immer wieder spielte sich alles, was passiert war, in seinem Kopf ab und Juri fragte sich bei jedem Durchlauf, ob er alles richtig gemacht hatte. Ob er sich blamiert hatte. Ob ein Zusammensein mit Marc wirklich möglich war. Viele Unsicherheiten durchzogen sein Gedanken. Aber da Marc derjenige war, der zuerst auf ihn zugegangen war und den Sprung ins kalte Wasser gewagt hatte, wollte Juri ihn jetzt nicht im Regen stehen lassen. Also tippte er los.

„Marc, ich hoffe es geht dir gut. Ich sitze an meinem Schreibtisch und warte, bis die Konferenz losgeht. Ich wollte dir danke dafür sagen, dass du gestern vorbeigekommen bist. Ich kann immer noch nicht glauben, dass du dich für mich interessierst. Ich habe das Gefühl, ich kann deinen Vorstellungen sicher nicht gerecht werden. Gut, ich habe versprochen, es zu versuchen. Sonntagabend endet die Konferenz und ich freue mich schon, dich am Montag wiederzusehen, wenn das bei dir geht."

Bevor er es sich anders überlegen konnte, schickte er die Nachricht ab und klappte den kleinen Computer ein. Für die nächsten Stunden wollte er sich voll und ganz auf seine Arbeit konzentrieren.

Ein Beitrag reihte sich an den nächsten und Juri war wie immer fasziniert und meistens begeistert davon, wie vielfältig und abwechslungsreich sein Fach weltweit aufgestellt war. Die VertreterInnen seines Fachs waren ein übersichtliches Grüppchen, die sich einmal im Jahr versammelten, Juri ging davon aus, dass es diesmal ungefähr fünfhundert Personen waren. Immer wieder beteiligte Juri sich an den Diskussionen, die um die Vorträge herum geführt wurden und wollte keine Gelegenheit auslassen, das Institut in Mela vertreten zu wissen und für die Qualität seiner Forschung zu werben. Es half, dass er die meisten Leute vom Sehen, Hören, Lesen oder Sprechen kannte, sie in die unterschiedlichen Richtungen des Fachs einordnen konnte und entsprechen auf Kritik und Einwände reagierte. Natürlich schaltete er sich meistens in Diskussionen oder Vorträge ein, die seine wissenschaftlichen Interessen berührten. Andere Diskurse bekam er damit einfach nicht mit.

„Deine phänomenologische Herangehensweise bringt erstaunliche Ergebnisse hervor", reagierte eine Wissenschaftlerin auf seine Einwände, „aber sie entspricht nicht ganz dem Stand der Dinge und ist bisweilen – wie soll ich es ausdrücken – unterkomplex? Es fehlt der große Wurf, es ist alles sehr klein-klein", sie lächelte in die Kamera.

Juri atmete tief ein und aus und schluckte seinen Stolz runter. „Das ist ein häufig vorgebrachter Vorwurf", er bemühte sich um eine freundliche Stimme. „Und ich weiß, was du damit meinst, wenn man im Hintergrund die großen Theorien der letzten Jahrzehnte oder sogar Jahrhunderte sieht. Natürlich können ich und die anderen nicht damit mithalten, aber das ist auch gar nicht das Ziel. Ich finde es viel spannender die Unregelmäßigkeiten, die Mehrschichtigkeit und das Unwahrscheinliche zu untersuchen, statt eine allumfassende These über den Zustand der Welt zu entwerfen."

„Und das ist sehr bereichernd für unser Fach", sprang ihm jemand anderes bei und das Thema wurde bald in eine andere Richtung gelenkt.

So ging es immer weiter und kaum hatte Juri sich versehen, war es früher Abend und der informelle Teil der Konferenz begann.

„Die Forschungsfreiheit in Jaku wird immer öfter durch die Einflussnahme von Maana gestört", murmelte ein Forscher namens Kostja in einem der kleineren Konferenzräume, in denen nur noch fünf Leute anwesend waren. „Bisher haben sie sich für Gesellschaftswissenschaften nicht groß interessiert, aber mittlerweile werden immer mehr Forschungsprojekte von dem Großkonzern finanziert und die Ergebnisse sind… naja…"

„Ich kann mir genau vorstellen, wie die Ergebnisse aussehen. Sie stützen das konservativ-repressive Weltbild des Konzerns", Juri verzog das Gesicht. „Und da die Bevölkerung in Jaku sowieso verunsichert ist und die Übermacht in der Nahrungsbranche ihre einzige Vorherrschaft auf dem Weltmarkt ist, schwimmen sie da bereitwillig mit."

„Exakt. An meiner Universität werde ich schon komisch angeschaut, wenn ich auch nur entfernt die Themen Meinungsfreiheit und soziale Gerechtigkeit anspreche. Die halten mich für einen komischen Vogel, der die heimischen Werte verraten will."

„Wie hältst du das nur aus?"

„Ich muss mich bald entscheiden", seufzte er und senkte die Augen. „Entweder passe ich mich an oder ich gehe. Aber meine Frau will die Region auf keinen Fall verlassen. Sie arbeitet bei einem kleinen Zulieferer für Maana und hat Angst, ihre Privilegien zu verlieren, wenn wir irgendwo neu anfangen müssen. Außerdem müsste ich ja erst eine entsprechende Position finden. Du weißt, wie rar gesät diese Stellen sind."

„Ich musste viele Jahre darauf warten, bis man mich in Mela berufen hat", erinnerte sich Juri nur zu gut. „Es war auch vielleicht nur Glück. Und es gibt nur einen Lehrstuhl hier, leider."

„Hast du dich woanders umgesehen?", fragte eine andere Teilnehmerin.

„Ja, aber mit meinem Schwerpunkt…", Kostja wiegte den Kopf hin und her. „Ich glaube nicht, dass ich es machen kann", schüttelte er plötzlich den Kopf. „Meine beiden Söhne stehen schon auf eigenen Beinen, aber sie würden den Kontakt zu mir abbrechen, wenn ich so feige flüchten würde…"

„Wenn du jemanden brauchst, der für dich da ist, dir zuhört, dann bin ich da", nickte Juri ihm zu und Kostja bedankte sich für das Angebot.

Es war schon nach Mitternacht, als Juri sich endlich das Headset vom Kopf zog, den Computer ausschaltete und vom Bürostuhl aufstand. Sein Kopf fühlte sich gleichzeitig leer und voll an. Voller Gespräche und völlig ausgeleert von Inhalten. Er zog das Jackett aus, knöpfte das Hemd auf und setzte sich auf die Bettkante. Legte die Brille auf den Nachttisch, rieb sich die Augen.

Nachdem er sich vom Rest seiner Kleidung entledigt hatte und ein loses T-Shirt übergezogen hatte, kroch er unter die Bettdecke und klappte noch ein letztes Mal den Minicomputer auf. Es gab alle möglichen Nachrichten aus allen Richtungen. Aber keine von seinen Kindern und eine von Marc. Er tippte auf diese und begann zu lesen:

„Juri, ich hoffe du hattest einen nicht zu anstrengenden Tag. Ich habe immer wieder an dich gedacht und kann es kaum erwarten, dich wiederzusehen. Mach dir bitte keine Gedanken darüber, ob du meinen Vorstellungen gerecht werden kannst oder nicht. Ich habe andere Vorstellungen als du denkst. Wir können uns das nächste Mal darüber unterhalten. Ich hoffe, das Wochenende geht schnell vorbei. Heute habe ich Bandprobe und für morgen habe ich mich mit Neev und Theo verabredet. Bis dann, Marc."

Juri schrieb eine kurze Antwort und klappte den Computer zu. Er konnte immer noch nicht glauben, was passierte.

Gleich um zehn Uhr des nächsten Tages hatte Juri seinen Vortrag. Er hatte ihn bereits vor drei Monaten vorbereitet, als die Organisatoren ein Skript seines Beitrages im Vorfeld lesen wollten. Juri hatte sich dafür entschieden, mal wieder über eines seiner Lieblingsthemen zu sprechen: wie Menschen weltweit durch die wirtschaftlichen Logiken in ihrer psychischen und physischen Gesundheit beeinträchtigt werden. Er dachte, dass dieses Thema immer noch zu wenig Aufmerksamkeit bekam und deswegen sollte keine Gelegenheit ausgelassen werden, um es ins Scheinwerferlicht zu rücken.

Juri checkte ein letztes Mal sein eigenes Bild und begann mit seinem Vortrag. In der Software der Videokonferenz konnte er sehen, dass aktuell hundertfünfzig ZuhörerInnen sich konferenz-intern eingeloggt hatten. Da dieser Kanal wie bei fast allen Vorträgen offen war, konnten die Beiträge zu einer unbestimmten Anzahl von

ZuhörernInnen übertragen werden, über die niemand eine Kontrolle hatte.

„Wir wissen mittlerweile, dass sehr viele neurologische, onkologische und rheumatische Erkrankungen wesentlich durch Stress beeinflusst werden, bei psychischen Erkrankungen ist dies schon längst nachgewiesen, ebenso dass der Stress vor allem durch die Optimierungslogik unserer wirtschaftlicher Strukturen immer wieder reproduziert wird", referierte er noch mitten in seinem Vortrag. „Das ist aber nicht nur im beruflichen Kontext relevant, nein, diese Logiken finden in allen Lebensbereichen ihren Niederschlag, seien es Freizeitaktivitäten, sportliche Aktivitäten, Erziehungsarbeit, Paarbeziehungen, Bildung, Kunst, Kultur und so weiter. Überall wird der Körper deformiert und kann sich nicht der Logik entziehen, ein produktives und effektives Subjekt und Objekt zu sein, eine innere Zufriedenheit oder ein Einklang mit der Umwelt entsteht dabei zeitlich nur sehr begrenzt und im überschaubaren Maße."

Juri holte etwas Luft und nahm einen Schluck Wasser aus einem Glas neben sich.

„Durch neuere Untersuchungen konnte ich diese Zusammenhänge noch stärker herausarbeiten. Dabei ist mir aufgefallen, dass bei Menschen, die besonders stark in diese Zwängen eingebunden sind, die Anzahl und Qualität der Verbindungen, die sie zu sich und ihrer Umwelt haben, signifikant reduziert sind. Im Verlauf kann erkannt werden, dass Kontakte im phänomenologischen Sinne, also Sinnverbindungen zu verschiedenen Sphären um sich herum, das können andere Menschen, aber auch Pflanzen und Tiere, die Natur oder Literatur, Kunst und Musik sein, radikal reduziert sind und eine sogenannte

Verarmung des Innen- und Außenlebens stattfindet. Manchmal kann diese Reduzierung auch institutionell angeordnet sein, um die Bevölkerung noch stärker zu kontrollieren und eine bestimmte Agenda durchzusetzen."

Er führt noch ein paar von seinen Argumenten weiter aus und beendete seinen Beitrag schließlich. Nun konnten Fragen gestellt werden, die meistens in eine allgemeine Diskussion übergingen.

„Danke für diesen sehr informativen Einblick in deine Forschung", schaltete sich gleich eine Wissenschaftlerin ein. „Aber ist nicht der Bereich, den du empirisch untersuchen kannst, sehr begrenzt, ich meine, deine Schlussfolgerungen können ja nur auf Mela bezogen sein?"

Juri versuchte angestrengt nicht die Augen zu rollen bei diesem Einwand.

„Ich beziehe mich in meinen Publikationen sehr ausführlich auf Untersuchungen, die in allen Kontinenten durchgeführt wurden. Sie alle zeigen in dieselbe Richtung."

„Ja, aber im Alltag hast du immer nur die BewohnerInnen von Mela vor Augen. Und wie allgemein bekannt ist, sind das Menschen, die in der Regel besonders schwer traumatisiert wurden, also nicht zu vergleichen mit der regulären Bevölkerung", fuhr die Wissenschaftlerin weiter fort. „Es sind Leute, die überproportional oft von Ausgrenzung, Verfolgung, psychischen Erkrankungen und Suizidhintergründen geprägt sind, das wurde ja oft genug festgestellt, ich meine die ganze Geschichte von Mela fußt darauf, dass…"

„Moment mal", unterbrach Juri sie und hielt eine Hand vor sich, „nur weil wir hier besonders offen mit diesen Themen umgehen, was ich sehr vorbildlich finde, heißt das nicht, dass wir hier alle besonders geschädigt sind. Ich würde sogar das Gegenteil behaupten, da in der Stadt therapeutische Angebote in den Alltag implementiert sind, sind die Menschen in Mela wesentlich stabiler als andernorts. Und selbst wenn es so oder andersrum wäre", er breitete die Hände vor sich aus, „es würde nichts an der Tatsache ändern, dass beispielsweise durch den aktuellen weltweiten Konflikt immer mehr Menschen in noch mehr Zwänge eingebunden, ihre Handlungsmöglichkeiten immer weiter eingeschränkt werden, das lässt sich nun wirklich nicht leugnen."

Kurz biss Juri sich auf die Zunge. Er wollte sich nicht angreifbar machen und öffentlich etwas gegen den Maana-Konzern sagen. Nun war er kurz davor. Im Info-Fenster sah er, dass die Zuschaueranzahl auf 230 angestiegen war. Ihm wurde warm. Das war das Thema, was ihm massiv am Herzen lag und es konnte ihn nicht kalt lassen, welche Tendenzen es weltweit gab. Tief durchatmen.

„Heißt das", rief ein anderer Wissenschaftler, an deren Namen er erkannte, dass er aus Jaku stammte, „dass durch den Krieg noch mehr Menschen Verbindungen verlieren?"

Die Frage war offen gestellt, Juri konnte nicht sagen, auf welcher Seite sein Gegenüber stand.

„Ich meine", Juri schob seine Brille zurecht, „das ist nicht zu übersehen, oder? Das ist das, was ich mit meiner Forschung zu zeigen versuche. Und ich appelliere an die Forschungsgemeinschaft der GesellschaftswissenschaftlerInnen: Wir dürfen uns nicht in die Neutralität flüchten, wir dürfen uns nicht in Forschungsgebiete zurückziehen, die gesellschaftlich irrelevant sind, um schwierigen Fragen aus dem Weg zu gehen oder aus Angst, Forschungsgelder oder unser Ansehen zu verlieren, denn dann werden sich die Probleme massiv verschlechtern und wir werden mit dieser neuen Politik untergehen."

Er merkte, wie ihm warm wurde und er schneller atmete als sonst. Aber er konnte es nicht mehr runterdrücken, die vielen Emotionen, die Frustrationen.

Die Fragen sammelten sich jetzt immer schneller und der Moderator musste immer häufiger eingreifen, um für Ruhe und Ordnung in der Diskussion zu sorgen.

„Heißt das, du schlägst dich auf die Seite von Neu!, ist das die Position von Mela?", fragte jemand anderes.

„Davon ist hier keine Rede, ich habe in dieser Hinsicht keine Position", empörte sich Juri, „vieler der von mir kritisierten Positionen finden sich in allen Gesellschaften, auch in der von Mela."

„Ja, aber es gibt schon einen deutlichen Hieb gegenüber der Gesellschaftsstruktur in Jaku, das hört man doch ganz deutlich heraus."

„Christlich-fundamentalistische Gesellschaften sind überproportional häufig von Resonanzreduktion in der Bevölkerung betroffen, da sie viele Möglichkeiten von Konnektivität von vornerein als blasphemisch oder unmoralisch brandmarken. Das wird dir jeder bestätigen, der dort lebt. Und die Situation verschärft sich zusehends."

Den Rest der Diskussion bekam Juri nicht mehr mit, da ein Tumult losbrach, den Juri wirklich nicht antizipiert hatte. Es wurde wild durcheinandergerufen. Das, was Juri mitbekam, war, dass es Verfechter von seiner Theorien gab und solche, die sich durch seine Aussagen massiv angegriffen gefühlt hatten, andere wollten solche Diskussionen gar nicht führen und lieber zurück zu unverfänglicheren Themen. Auf jeden Fall musste der Konferenz-raum geschlossen werden.

Juri zog sein Headset ab und wischte sich über die Stirn. Er hatte gar nicht bemerkt, wie er ins Schwitzen gekommen war. Er zog die Brille aus und rieb sich die Augen. Verdammt, war er zu weit gegangen? Mit gewissen Leuten war nicht zu spaßen. Er wollte nicht aus der Forschungsgemeinschaft ausgeschlossen werden. Juri wurde heiß und kalt. So einen Eklat hatte er bei diesen Konferenzen, die normalerweise eher lahm abliefen, noch nie erlebt.

Er stand auf, ging zur Toilette und trank ein Glas Wasser. Lief eine Runde durch das Haus, doch alles war ruhig. Lea war noch bei ihrer Freundin und Petr lernte irgendwo, entweder hier oder bei seinen Schulkameraden. Dann lief er wieder zurück in sein Arbeits- und Schlafzimmer und setzte sich wieder an den Tisch.

Er hatte das dringende Bedürfnis, mit jemandem zu sprechen. Sich jemandem mitzuteilen. Sein Herz raste immer noch und Juri hatte Angst, eine Panikattacke zu bekommen. Er schaute seine Hände an, sie waren von einem leichten Tremor befallen. Er nahm seinen Taschencomputer heraus und rief Marc an. Es klingelte am anderen Ende, aber niemand nahm ab. Juri klappte den Computer enttäuscht wieder zu und strich sich über die Stirn.

Da ihm sonst nicht viel einfiel, loggte er sich wieder in die Konferenz ein und verfolgte irgendwelche Vorträge mit, bei deren Diskussionen er sich nicht beteiligte und deren Inhalte ihn nicht vollständig erreichten.

In einer größeren Pause kontaktierte Steege ihn mit einem Videoanruf in einem privaten Raum und Juri war froh, sein Gesicht zu sehen.

„Wow, da ist es ja heiß hergegangen", Steege kratzte sich am Hinterkopf und nahm einen Schluck Wasser.

„Ich weiß gar nicht, was da los war", Juri war bemüht, seine Stimme ruhig zu halten.

„Ich war von Anfang an dabei und fand deinen Vortrag wie immer sehr gut", er lächelte, „du weißt, mir gefallen deine Gedanken und was du daraus machst. Und als die Diskussion losging...", Steege legte eine längere Pause ein, „ich hatte fast das Gefühl, das war darauf angelegt, dass du in eine Falle läufst. Wer ist denn diese Wissenschaftlerin aus Jaku, hast du sie vorher irgendwo gesehen?"

„Sie kam mir absolut unbekannt vor."

„Ich will jetzt keine Verschwörungstheorien verbreiten, aber was ist, wenn sie von Maana hereingeschleust wurde, um dich vorzuführen? Sie hat die Diskussion auf eine Weise angeheizt, wie es für unseren Wissenschaftsbetrieb sehr ungewöhnlich ist."

„So hab ich das noch gar nicht gesehen", murmelte Juri und knetete seine Hände. „Aber warum ausgerechnet ich? Bisher hat sich niemand groß für meine Thesen interessiert, ich habe eher eine Außenseiterposition in unserem Fach, bin die ganze Zeit bemüht, mir Gehör zu verschaffen, aber die anderen sind halt viel einflussreicher. Du weißt schon, die Konflikt- und AkteursforscherInnen, die EmpirikerInnen, die TheoretikerInnen der politischen und wirtschaftlichen Systeme und so weiter."

„Das liegt doch auf der Hand", Steege erhob seine Stimme, „sie brauchen einen Sündenbock und wer eignet sich da besser als ein abtrünniger Jaku-Bewohner, der in einer Hippie-Stadt abseitige Thesen verbreitet, den haben sie sich als Aufreger ausgesucht."

Juri sah, dass Marc ihn zurückrief, konnte aber nicht dran gehen.

„So oder so, du weißt, ich wollte nie auf diese Weise im Vordergrund stehen. Es ist mir total unangenehm, vor allem, wenn mir die Worte im Munde umgedreht werden. Aber gut, jetzt ist es passiert, ich muss damit leben."

„Juri, du weißt, egal was ist, ich stehe hinter dir."

„Danke, ich weiß das zu schätzen."

„Mein Vortrag geht gleich los. Bist du dabei?"

„Auf jeden Fall."

Sie wechselten beide in den anderen Konferenzraum.

Juri war froh, sich mit Steege ausgetauscht zu haben und konnte sich nun viel besser auf den Vortrag seines Freundes konzentrieren. Steege referierte über die Entwicklung von Kindern und Jugendlichen auf seinem Kontinent Ostebene und stellte fest, dass die neue Generation viel konservativer war als ihre Vorgänger war, was er auf die zahlreichen neuen globalen Krisen und Konflikte zurückführte. Das Bedürfnis nach Sicherheit und Ordnung war überall auf der Welt stärker als sonst.

Bei der anschließenden Diskussion passierte nichts Ungewöhnliches, es wurden Stärken und Schwächen der Forschung erläutert und dann ging es auch schon weiter. Bei dem Abendprogramm hörte Juri nur noch mit halbem Ohr zu und fiel irgendwann erschöpft ins Bett.

In der Nacht schlief er extrem unruhig und wälzte sich oft hin und her. Mehrmals stand er auf, um Wasser zu trinken und auf Toilette zu gehen, dabei bewunderte er den leuchtenden Halbmond, der durch das Fenster schien und der so surreal aussah.

Als er morgens endlich wach wurde und sich seinen schmerzenden Kopf rieb, hatte er das subtile Gefühl, dass irgendwas nicht stimmte. Juri starrte ein paar Minuten an die weiße Decke über sich und ließ seine Gedanken in alle und keine Richtungen strömen.

Schließlich setzte er sich auf, griff nach seinen kompakten Computer vom Nachttisch und klappte ihn auf.

„Was ist das", murmelte er zu sich, als er sah, dass er statt der normalen etwa dutzend Nachrichten 523 Nachrichten in seinem Posteingang hatte. Sie kamen aus allen Richtungen und hatten alle mit seinem Vortrag zu tun. Juri hatte Probleme zu verstehen, was passiert war. Über zwanzig Leute hatten ihn in der Zwischenzeit versucht anzurufen, in der Nacht hatte er wie immer seinen Computer auf lautlos gestellt. Bevor er herausfinden konnte, was passiert war, kam Petr zur Tür herein.

„Juri, ich habe gerade die Nachrichten gesehen…", sein Sohn schaute ihn entgeistert an.

„Ich verstehe nicht…", Juri schlug die Decke zurück, sprang aus dem Bett und zog sich ein frisches schwarzes Hemd und eine Hose an.

„Die Leute sagen, dass du ein Verräter bist", Petrs Unterlippe zitterte und sein Gesicht war kreidebleich.

Als nächstes kam Lea herein und ging auf ihn zu, um ihn zu umarmen. „Was ist passiert, ich verstehe gar nichts?", ihre Augenbrauen waren zusammen gezogen.

„Kommt, wir gehen runter", Juri nahm die beiden rechts und links von sich und sie liefen in die Küche.

Schnell stellte er ein Frühstück zusammen aus Tee, Brot und Belägen.

„Mehrere Vertreter von Maana haben sich gestern öffentlich geäußert, dass sie deinen Beitrag zu der Konferenz als Verunglimpfung ihres Rufs und Geschäfts ansehen", Petr zeigte auf die Überschriften auf seinem Mini-Computer.

„Mela-Querkopf Juri Myslitel schimpft über Arbeitsethik des größten Lebensmittel-Produzenten des Planeten."

„Pseudo-Wissenschaftler aus Mela legt sich mit Nahrungsmittel-Riesen an."

„Mela grätscht erneut in Konflikt zwischen Maana und Neu!"

„Ist Juri Myslitel ein Irrer?"

„Erste Vertreter fordern personelle Konsequenzen."

„Verbale Entgleisung von Juri Myslitel bei Jahreskonferenz der Gesellschaftswissenschaftler."

Und so ging es immer weiter. Juri blieb das Brot im Halse stecken.

„Diese Idioten", er schlug mit der Faust auf den Tisch. „Sorry für die Ausdrucksweise, Kinder, aber das ist wirklich eine Sauerei. Das ist ja sowas von übertrieben. Und vielleicht hatte Steege recht, vielleicht war das alles geschickt eingefädelt."

„Wie meist du das?", Petr zog eine Augenbraue hoch.

„Sie wollen von dem eigentlichen Konflikt ablenken und haben so eine dumme Schnepfe in die Diskussion gesetzt, die mich hat auflaufen lassen, damit sie meine Äußerungen als Blasphemie verkaufen können."

„Ich verstehe nicht", erwiderte Lea.

„Gestern hatte ich meinen Beitrag zur Konferenz und bei der anschließenden Diskussion ist alles eskaliert, ich konnte mir das einfach nicht anders erklären, es war so seltsam. Ich bin nur so dumm und hab mich zu gewissen Aussagen hinreißen lassen", Juri schüttelte den Kopf.

„Was heißt das jetzt für uns?", Lea verzog das Gesicht, als würde sie gleich weinen.

„Bitte macht euch keine Sorgen", Juri fiel in sich zusammen und atmete tief aus. „Ich werde das alles über mich ergehen lassen und in ein paar Tagen ist das alles hoffentlich vorbei und wieder in Vergessenheit geraten. Ich werde mich gleich dran setzen, eine Gegendarstellung zu veröffentlichen und werde mich mit der Stadt in Verbindung setzen, ob es von ihrer Seite eine offizielle Pressemitteilung gibt. Es tut mir nur leid, dass ihr sicher etwas von dem Stress abbekommen werdet, dass wollte ich nicht."

„Wir stehen hinter dir Juri, das ist klar. Wenn es etwas gibt, wie wir dir helfen können…", erklärte Petr.

„Danke. Wir werden sehen. Ich denke, das wichtigste wird für mich sein, einen kühlen Kopf zu bewahren. Mich nicht einschüchtern zu lassen. Und auszuhalten, dass meine Theorien so in den Dreck gezogen werden."

Nachdem sie das Frühstück abgeräumt hatten, graute es Juri davor, sich an seinen Computer zu setzen und die Nachrichten zu sortieren oder Leute anzurufen. Er wusste einfach nicht, wo er anfangen sollte. Stattdessen ging er hoch, duschte eine Runde und erledigte ein paar Haushaltsaufgaben, um die hochgekochten Emotionen etwas abflachen zu lassen und Abstand zu gewinnen. An den letzten Tag der Konferenz war jetzt sowieso nicht mehr zu denken. Danach erledigte er mit Lea ein paar von ihren Aufgaben für die nächste Woche, denn das war die letzten Tage sowieso zu kurz gekommen.

Und dann stand auch schon das Mittagessen an. Juri entschied sich für ein einfaches Gericht und kochte ein paar Kartoffeln ab, die er mit Sauerrahm servierte, eine

Speise aus seinem Heimatland, die er immer noch gerne aß. Nach dem Mittagessen fühlte er sich wieder in der Lage, den ganzen Eklat anzugehen.

Er rief als erstes in der Stadtverwaltung an, aber da heute Sonntag war, war nur ein Notdienst zu erreichen, bei dem man ihm sagte, er solle sich Montag nochmal melden. Das war okay für ihn. Als nächstes wählte er die Nummer von Marc, der sofort nach dem ersten Klingeln dranging.

„Na, endlich meldest du dich", rief dieser aufgeregt in den Hörer, „ich dachte schon, dir sei sonst was zugestoßen, keiner konnte dich erreichen."

„Sorry, ich brauchte Zeit, um die ganze Sache zu verdauen", gab Juri gequält von sich. „Du bist der erste, den ich anrufe. Wie schätzt du die ganze Sache ein, so als Außenstehender?"

„Das Ganze ist eine Frechheit, ich habe die Videoaufnahme gesehen, es gibt keinen Grund, dich so in den Dreck zu ziehen", empörte sich Marc lautstark.

„Danke", gab Juri geknickt von sich. „Ich verstehe es auch nicht. Das riecht nach einer Schmutzkampagne gegen unsere Stadt, wenn du mich fragst. Wir müssen dringend dagegen halten. Meinst du, ich soll jetzt schon eine Art Gegendarstellung veröffentlichen?"

„Ich denke schon", Marc atmete ein paar Mal tief ein und aus. „Was ich von Seiten der Stadt vermute: Das Leitungsgremium wird sich am Montag zusammensetzen, ich oder Neev versuchen dabei zu sein. Und dann wird erstmal beschlossen, wie die Kommune sich positioniert. Das wird dauern, mindestens noch vierundzwanzig Stunden bis zu einer offiziellen Stellungnahme. Bis dahin musst du dich äußern, sonst sieht es schwach aus, so als wärst du mit der gegenwärtigen Darstellung einverstanden, weißt du?"

„Okay, okay, du hast recht. Ich werde mich gleich dran setzen."

„Wie geht es dir sonst damit, Juri?", Marc klang jetzt sanfter.

„Furchtbar. Und dass meine Kinder auch da drunter leiden müssen... und letztendlich die ganze Stadt, das fühlt sich überfordernd an, ich hab das Gefühl ich bekomme keine Luft, wenn ich daran denke... so, als wäre es besser, wenn ich nicht da wäre, wenn ich von der Oberfläche verschwinden würde, vielleicht sollte ich für ein paar Monate untertauchen, mich irgendwo vergraben, verkriechen."

„Shit. Aber das musst du nicht, das würde nichts helfen und wäre auch nicht notwendig. Soll ich vorbeikommen, ich könnte in fünfzehn Minuten da sein, dann bist du wenigstens nicht allein."

„Nein, nimm es mir nicht übel. Ich muss die Stellungnahme schreiben und mit meinen engsten KollegInnen sprechen, früher oder später auch mit meinen Studierenden, was das jetzt für die Lehre bedeutet nächste Woche. Es ist so wahnsinnig viel. Aber danke für das Angebot. Wir bleiben im engen Kontakt, okay?"

„Okay. Ich versuche die Sache bei der Stadt zu beschleunigen, mehr kann ich ja wohl nicht machen."

Sobald Juri aufgelegt hatte, klopfte es an der Tür und Juri zog die Augenbrauen hoch. Normalerweise bekam er keinen unangemeldeten Besuch. Er lief die Treppen runter und öffnete die Tür.

„Hallo Juri", sagte Stella, neben ihr standen auch noch Fjodor, Helena, Antonia und Cleef. Es waren die Leute aus der Studenten-WG ein paar Häuser weiter. Allerdings dachte er, Cleef würde in Steinhausen wohnen.

„Wir haben die Nachrichten gelesen und wollten dir unsere Unterstützung aussprechen", erzählte Stella und knetete sich dabei die Hände. „Es ist eine Unverschämtheit, was da gerade abgeht. Wir haben deinen Vortrag selbstverständlich live mitverfolgt und können absolut nicht verstehen, was da nun für eine Lawine losgetreten wird."

Die anderen nickten vehement.

„Danke, wirklich, es bedeutet mir sehr viel. Ich bin auch total schockiert", Juri fuhr sich durch die Haare. „Ich hoffe, die Lehre wird davon nicht allzu sehr beeinträchtigt, es tut mir leid, dass gleich am Anfang des Semesters…"

„Mach dir um den Lehrplan keinen Kopf, es gibt wichtigeres zu tun", unterbrach ihn Fjodor.

„Aber ihr seid auf eure Punkte und Leistungsnachweise angewiesen, ich möchte das nicht zu eurem Ungunsten…"

„Juri", sagte Stella mit Nachdruck. „Es gibt gerade Wichtigeres, wirklich. Und wir sind für dich da, okay? Du brauchst nur zu klopfen, egal, zu jeder Tages- und Nachtzeit."

„Ich dachte, du Cleef, wohnst in Steinhausen?", fragte Juri.

„In der WG war noch ein Zimmer frei und sie haben mich überredet einzuziehen, statt allein am anderen Ende der Stadt zu wohnen", lächelte Cleef scheu.

„Super, ich glaube du bist bei der Truppe hier in guten Händen", er zwinkerte ihm zu.

In seinem Heimatland Jaku wäre er lieber tot umgefallen als sich so in das Privatleben seiner StudentInnen einzumischen, aber hier war es angesichts der Größe des Instituts und der Stadt das normalste auf der Welt und Juri wollte es nicht mehr anders haben wollen.

„Also, danke dass ihr vorbeigeschaut habt, ich muss jetzt weiter Schadensbegrenzung betreiben, wir schreiben uns in der Uni-Kommunikationssoftware oder ihr lest es gleich in den Nachrichten", er lächelte schief.

Sie verabschiedeten sich und Juri setzte sich wieder an den Schreibtisch, um seine große Gegenrede zu schreiben.

Zwei Stunden später, er fühlte sich emotional total ausgewrungen, veröffentlichte er eine Stellungnahme zu der ganzen Sache, in der er versuchte den Drahtseilakt zu schaffen, seine Arbeit zu verteidigen, aber keine Großkonzerne direkt noch mehr zu verunglimpfen, sich für seine Ausdrucksweise zu entschuldigen, aber auch Grundsätze stehen zu lassen. Wahrscheinlich würde es nichts an dem ganzen Diskurs ändern, aber immerhin konnte er sich dann darauf berufen, eine Fußnote hinzugefügt zu haben. Er stellte den Text auf seinem für alle zugänglichen Universitäts-Profil ein und schaltete den Computer aus. Immer noch hatte er keine der 523 Nachrichten gelesen und würde es heute auch nicht mehr schaffen. Er musste mit seinen Kräften jetzt sparsam umgehen und konnte sich nicht noch weiter aufregen.

Als sie zu dritt beim Abendessen saßen und versuchten familiäre Normalität herzustellen, benachrichtigte Petrs Kompaktcomputer ihn immer wieder über eingehende Nachrichten. Er nahm ihn schließlich, klappte ihn auf und ließ seine Gabel fallen.

„Was ist passiert?", fragte Juri. Seinen Computer hatte er auf lautlos gestellt, da er sonst keine Minute Ruhe gehabt hätte.

„Maana hat eine Pressekonferenz zu dieser Causa angekündigt", murmelte Petr beim Lesen. „In fünf Minuten geht es los."

„Shit", spuckte Juri aus und sprang auf. „Lasst uns hochgehen und sie am großen Bildschirm verfolgen."

Sie bauten sich in seinem Arbeitszimmer auf und Juri nahm Lea vor sich, um sie zu umarmen. Sein Bauchgefühl sagte ihm, dass es schlechte Nachrichten geben würde. Da braute sich etwas zusammen, das noch sehr schlecht enden würde.

Dann ging es los. Juri spürte, wie sein ganzer Körper sich zusammenzog und er wusste nicht, ob er Lea hielt oder sich an ihr festhielt. Petr stellte sich neben ihn und legte ihm seinen Arm um die Schulter, auch wenn von ihm meistens nicht mehr viel an Körperkontakt kam.

Auf dem Kanal von Maana kamen zwei kräftige Männer und eine streng blickende Frau ins Bild, die sich vor die Mikros setzten und anfingen, einen monotonen Text herunterzurattern, als ginge es nicht um Juris Leben, sondern um die letzten Umsatzergebnisse. Wahrscheinlich war es für sie dasselbe.

„Nachdem unser ehemaliger Staatsbürger Juri Myslitel, der aktuell im Exil lebt, seine provokanten Thesen über unsere Region und Wirtschaft zum Besten gegeben hat", referierte der Typ in der Mitte, „sehen wir uns gezwungen, dem radikale Konsequenzen folgen zu lassen. Juri Myslitel hat in seinem gestrigen Vortrag nicht nur die

Menschen von Jaku diffamiert, beleidigt, lächerlich gemacht, sondern, viel schlimmer, die Werte seiner Heimat vor der ganzen Welt in den Schmutz gezogen. Er hat unseren Glauben als albern und sogar schädlich dargestellt. Natürlich ist er ein gottloser Mensch, der feige aus *dem* Land geflüchtet ist, das ihm Leben und eine solide Ausbildung gegeben hat. Die beiden Kinder, die seine Schwägerin geboren hat, hat er der Frau entrissen und mitgenommen, um den Kontakt komplett abzubrechen und ihren Bruder zu heiraten. Jawohl, das sind die gestörten Familienverhältnisse, von denen wir hier sprechen", lachte der Typ humorlos.

„Und jetzt wirft er aus seinem sicheren Versteck aus mit Dreck nach uns", fuhr die Frau im selben monotonen Tonfall fort. „Aber damit es vorbei", sie blickte auf und schien Juri direkt zu fixieren, „wer unseren Glauben und Gott beleidigt und mit esoterischem Geschwafel über Resonanz und Verbindungen ersetzt, kommt nicht ungestraft davon", sie betonte jedes Wort langsam und mit Nachdruck. „Wir können und werden zurückschlagen. Und müssen ein Beispiel für all die setzen, die ihm nacheifern wollen. Die Jagd auf Juri Myslitel ist eröffnet. Kurz vor der Pressekonferenz wurde ein Mitglied unserer treuen Gemeinschaft mit einem klaren und deutlichen Auftrag losgeschickt, er befindet sich bereits auf dem Weg nach Mela und wird dort in wenigen Tagen eintreffen. Er wird dafür sorgen, dass Juri Myslitel die Konsequenzen seiner Aussagen am eigenen Leib spürt, nie mehr Forschungsarbeiten veröffentlicht und somit seinen blasphemischen Mund hält. Alternativ kann Juri Myslitel sich in den nächsten 24 Stunden stellen und nach Jaku zurückkreisen, wo er, bis er sich eines Besseren besonnen hat, unter

Hausarrest gestellt wird. Die Pressekonferenz ist hiermit beendet."

Juri musste von seinen beiden Kindern aufgefangen werden, ihm wurde sofort schlecht und schwindelig, er fiel in sich zusammen.

8

Es dauerte ein paar Stunden, bis er den ersten Schock verdaut hatte und das hieß auch nur, dass er wieder sprechen und seine Umgebung wahrnehmen konnte. Immer noch fuhr alle fünf Minuten so etwas wie ein Blitz durch seinen Kopf, der ihn realisieren ließ, dass er zum Abschuss freigegeben war. Seine größten Ängste wurden wahr und stellten sich als sehr viel grausamer heraus, als er es sich jemals ausgemalt hatte. War das wirklich das, was gerade passierte? Juri musste jedes Mal mehrmals blinzeln, um mit der Gegenwart mithalten zu können.

„Wir müssen versuchen, logisch und rational zu denken", Juri schluckte einen Klumpen herunter, der sich in seinem Hals geformt hatte. „Ich werde natürlich nicht nach Jaku zurückgehen, sondern hier bleiben", er schüttelte unwillkürlich den Kopf, ungläubig, dass das überhaupt eine Option war. Sein ganzes Leben schien ihm vor seinem Vortrag wie in einer anderen Dimension verschwunden. Es war für immer weg, jetzt tickten die Uhren anders.

„Aber ich möchte euch in absoluter Sicherheit wissen", er drückte rechts und links die Hand von Lea und Petr, die auf dem Sofa im Wohnzimmer, wo die beiden ihn abgelegt hatten, neben ihm saßen. „Ich könnte euch an einen geheimen, sicheren Ort in Mela bringen, wo ihr so lange bleibt, bis der…", Juri stolperte über die Worte und ein Würgereiz erfasste ihn. „… der Auftragskiller… keine Ahnung, wieder abgereist ist, mit oder ohne meine Leiche", er lachte unnatürlich.

„Juri, ich werde dich nicht allein lassen, egal was passiert", Petr rückte ganz nah an ihn und drückte sich an

Juris Brustkorb. Juri spürte, wie sein Sohn, der mittlerweile schon so groß war wie er selbst, zitterte.

„Mir geht es auch so", Lea kam an seine andere Seite. „Bitte schick uns nicht fort. Wir dürfen nicht getrennt werden.

„Aber es ist für eure Sicherheit. Was ist, wenn dieser Typ mitten in der Nacht hier reinstürmt und jeden abknallt, der sich ihm in den Weg stellt, so sicherheitshalber, nein, das darf nicht passieren", sagte Juri mit hohler Stimme.

„Die Stadt wird sicherlich jemanden vor der Tür postieren", überlegte Petr, „der das verhindert."

„Wir haben in der ganzen Stadt nicht eine Schusswaffe", lachte Juri humorlos.

„Es wird sich eine Lösung finden", murmelte Petr und er und Lea umarmten ihn.

„Okay, wir überlegen noch", seufzte Juri, „aber ihr könnt beide morgen nicht in die Schule gehen. Müsst fürs Erste auf digitalen Unterricht umsteigen, eure LehrerInnen werden das sicherlich verstehen. Am besten, niemand verlässt das Haus, solange dieser wahnsinnige Irre da rumläuft."

„Was ist mit Essen und so?", fragte Lea.

„Uns wird schon etwas einfallen", seufzte Juri. „Eins nach dem anderen."

Irgendwann gingen Lea und Petr schlafen, während Juri alle Türen und Fenster fest verriegelte, alle Rollläden runterließ und weiter durch das Haus stromerte, auch wenn der Vollstrecker seines Todesurteils noch nicht in der Stadt sein konnte. Die Reise mit dem Zug dauerte mindestens zwei Tage. Übermorgen, Dienstagabend konnte er in Mela eintreffen. Das war verdammt wenig Zeit.

In der Nacht tat er kein Auge zu. Er hatte außer mit Lea und Petr mit niemanden über die neuesten Entwicklungen gesprochen. Er fühlte sich noch nicht in der Lage, um mit der Außenwelt zu korrespondieren. Seine Gedanken waren wie dunkle Schatten, die in seinem Kopf herumhuschten und nicht greifbar waren. Seine ganze Existenzform schien sich in Angst aufzulösen und damit wollte er niemand anderem entgegentreten.

Am nächsten Morgen saßen die Kinder nach dem Frühstück vor ihren Computern und Juri hatte keine Ausrede mehr, sich nicht seinem Schicksal zu stellen. Als erstes rief er Marc an. Als Freund, aber auch als Mitarbeiter der Stadtverwaltung.

„Hey", begrüßte er ihn mit schwacher Stimme.

„Juri, endlich meldest du dich", rief Marc und redete darauf los. Wie schrecklich alles war. Dass Maana sich so etwas nicht erlauben dürfte. Dass man ihn, Juri, in Sicherheit bringen müsste, bis die Sache geklärt war. Dass das Ganze ein Skandal höchsten Grades war und Juri alle Unterstützung bekommen würde, die er brauchte.

Juri hörte sich das alles an und stimmte ihm müde zu. Natürlich hatte Marc mit allem recht. Nur, Juri hatte nicht die Kapazitäten, das alles zu verdauen und fühlte sich eher genötigt, Marc in seiner Aufregung zu beruhigen.

„Mach dich nicht verrückt, Marc, sie sind nicht hinter dir her", wandte Juri ein.

„Ich weiß, aber…"

„Ich werde in meinem Haus bleiben, die Kinder auch. Wir haben das besprochen. Ich werde nicht meine Sachen packen und mich verstecken, das fühlt sich falsch an. Auch wenn mein Leben auf dem Spiel steht. Was für ein Bild würde das abgeben, wenn ich jetzt vor denen kusche? Ich mache es nicht gerne, habe aber das Gefühl, es bleibt mir nicht viel anderes übrig, verstehst du?"

Es war still am anderen Ende. Er hörte Marc atmen. „Bist du dir sicher?", fragte er schließlich.

„Vielleicht verstehst du das nicht. Ich bin genau vor diesen Leuten weggerannt, vor zwölf Jahren. Ich habe mir was aufgebaut. Ich werde nicht zulassen, dass sie mich wieder voll unter ihrer Kontrolle haben. Und wenn sie mich hinterrücks oder auf offener Straße erschießen wollen, dann sei es so. Ich habe mich entschieden."

Bei diesem Gedanken stieg Panik in Juri hoch. Wer würde sich um seine Kinder kümmern? Petr würde Lea großziehen können, das würde gehen. Irgendwie.

Längere Zeit sagte niemand etwas.

„Dein Haus sollte ab sofort überwacht werden", presste Marc zwischen den Zähnen hervor.

„Von Leuten ohne Schusswaffen?"

Marc seufzte. „Wir haben Möglichkeiten der Selbstverteidigung, wenn auch schwache. Es wird rund um die Uhr jemand vor und hinter deinem Haus postiert. Wenn das Gremium das genehmigt, es wird gleich eine Sitzung dazu geben."

„Okay", Juri war froh um jede Unterstützung, wenn auch nur eine symbolische. „Halt mich auf dem Laufenden, wie die Stadt dazu steht."

„Klar. Und wenn etwas ist, dann melde dich. Kannst du deinen Computer nicht auf laut stellen?"

„Nein, das stresst mich zu sehr. Sorry. Es würde sonst rund um die Uhr klingeln."

„Okay. Ich schreibe dir eine Nachricht."

Sie verabschiedeten sich und Juri warf das Gerät auf das Sofa neben sich und ließ den Kopf nach hinten fallen. Hoffentlich war ab jetzt nicht jedes Gespräch so anstrengend.

Trotzdem zwang er sich später dazu, seine Nachrichten vage zu überfliegen und klickte auf ein paar, um sie zu lesen. Nur eine Handvoll beantwortete er mit wenigen Worten. Seine KollegInnen Steege und Kolja hatten ihn angeschrieben, sie waren wie alle schockiert, äußerten ihren Unmut und sprachen Unterstützung aus. Die Nachricht von Olena klickte er nicht an. Dann hatten ihn Neev, Theo und Birte angeschrieben. Ein paar der Studierenden. Weitere Bekannte und flüchtige Kontakte. Und jede Menge Leute, die er nicht kannte. Es gab Hassnachrichten, seitenlange Aufsätze darüber, wie Juri das alles verdiente. Drohungen gegen ihn und Mela. Merkwürdige Nachrichten, die er nicht einordnen konnte. Unbekannte Hilfsangebote. Juri scrollte schnell durch und schloss schließlich erschöpft den Computer. Das würde er nicht noch einmal wiederholen. Er brauchte seine Kräfte für andere Dinge.

„Kann ich zu meiner Freundin?", fragte Lea ihn, nachdem der Unterricht zu Ende war.

„Tut mir leid, es ist zu riskant", Juri wiegte den Kopf hin und her, „was ist, wenn der Typ, der hinter mir her ist, dich schnappt und als Geisel nimmt oder so, mich erpressen will? Du und dein Bruder, ihr müsst so lange hier bleiben, bis die Gefahr gebannt ist, verstehst du?"

„Wird er dich erschießen?"

„Nein, das ist sehr unwahrscheinlich. Ich denke das Ganze ist mehr so eine leere Drohung, um mir einen Schrecken einzujagen. Hoffe ich."

„In den Nachrichten sagen sie, dass dein Leben in Gefahr ist."

„Schau nicht so viele Nachrichten. Lass mich sehen, was da los ist", Juri ging mit Lea hoch in sein Arbeitszimmer und schaltete den großen Computer ein.

„Mehrere Konzerne verurteilen die Drohung von Maana, besonders die, die mit der Gegenseite assoziiert werden", überflog Juri die Schlagzeilen. „Natürlich auch die Repräsentanten der jeweiligen Regionen, aber die haben ja keine wirtschaftliche Macht, also sind es nur leere Worte", seufzte Juri.

„Aber dürfen die das denn so einfach, die Leute aus deiner Heimat, dich zum Abschuss freigeben?", fragte Lea.

Juri zuckte mit den Schultern. „Nein, aber wer soll sie daran hindern? Wer die finanzielle oder wirtschaftliche Macht hat, der hat auch irgendwie Recht. Die ganze Welt ist von den Produkten von Maana abhängig, die können ja nicht einfach aufhören zu essen oder zu konsumieren", er lachte trocken.

„In Mela geht das."

„Wir sind nur eine kleine Stadt und unsere Versorgung ist suboptimal, das ist kein Modell für den Rest der Welt."

Juri suchte nach Stellungnahmen von Mela oder der Vereinigung der Gesellschaftswissenschaften, aber er fand nichts, vielleicht war es auch noch zu früh. Er holte seinen Taschencomputer heraus und schaltete ihn auf laut, falls es einen wichtigen Anruf in dieser Hinsicht geben sollte.

„Es wäre praktischer, wenn Mela Waffen hätte", riss Lea ihn aus ihren Gedanken, „dann könnten wir uns auch verteidigen. So wie es jetzt ist, kann es nicht funktionieren."

„Es war eins der wichtigsten Grundsätze bei der Gründung der Stadt, das Verbannen von Schusswaffen und dergleichen", referierte Juri. „Später, in der neunten Klasse, werdet ihr das lernen. Es ist ein komplexes Thema. Seit vielen Jahrzehnten funktioniert das Prinzip so einigermaßen. Da jeder weiß, wie angreifbar wir sind, hält das viele Mächte davon ab, uns zu attackieren, es wäre ehrlos. Und was die Gewalt innerhalb von Mela angeht: Jeder, der sich nach mehrmaliger Verwarnung nicht an die grundlegenden Regeln hält, wird ausgewiesen, das ist meistens schon Strafe genug."

Währenddessen klickte Juri immer wieder auf neu eingehende Nachrichten und traute seinen Augen kaum, als eine Stellungnahme der Stadt Mela aufploppte.

„Wow, das muss gerade erst veröffentlicht worden sein", rief er aufgeregt.

„Lies vor", forderte Lea. „Petr, es gibt eine Pressemitteilung von Mela", rief sie nach unten.

„Ich sehe es gerade", rief er zurück.

„Sie verurteilen die Angriffe auf ihre Universität und ihren Professor zutiefst und fordern Maana auf, alle Personen, die unterwegs sind, um ihren BürgerInnen Schaden zuzufügen, zurückzurufen. Es wäre eine der größten Fehltritte, die sich der Konzern erlauben konnte. Ich zitiere: Die Weltgemeinschaft muss jetzt zusammenhalten, um die Hetzjagd auf einzelne zu unterbinden und nicht als Präzedenzfall stehen zu lassen. Juri Myslitel würde jeden Schutz erhalten, den Mela liefern könnte, stehe aber zu seinen Prinzipien einer pazifistische Gemeinschaft. Diese Prinzipien wären unverrückbar. Darüber hinaus",

Juri wischte sich aufgeregt über die Stirn, „würde Juri Myslitel sich nicht selbst ausliefern, sich nicht einschüchtern lassen und verstecken und seine Lehrtätigkeit nicht unterbrechen. Mela ist sehr stolz darauf, dass ein solch scharfsinniger Wissenschaftler wie Juri Myslitel die Universität der Stadt als seinen Sitz gewählt hat und von hier aus forscht und publiziert und wir hoffen, dass er das auch weiterhin tun wird, um die Gesellschaftswissenschaften mit seinen wegweisenden Thesen weiterhin zu bereichern."

Juri ließ sich nach hinten in seinen Stuhl fallen.

„Das ist gut, oder?", fragte Lea.

„Ich denke schon."

9

Die nächsten Tage vergingen wie hinter einer dicken Glasscheibe. Juri telefonierte mit allen möglichen Leuten, hielt ein paar Veranstaltungen für seine StudentInnen, lernte mit Lea und Petr, korrespondierte mit seinen KollegInnen. Und Ende der Woche hatte er trotzdem einen ordentlichen Lagerkoller.

Immer wieder gab es Meldungen von Leuten, die in und um Mela herum einen auffälligen Mann gesichtet haben wollten. Er war von Kopf bis Fuß schwarz gekleidet, hatte mal einen dunklen Mantel, dann eine graue Trainingsjacke, dann einen dunkelblauen Kapuzenpulli an und dazu entweder einen kleinen Koffer, in dem sich gut eine schallgedämpfte Präzisionswaffe verstecken ließ, oder einen geräumigen Rucksack oder eine merkwürdige Ledertasche, in der alles Mögliche drin sein konnte. Dieser Typ sprach manchmal nur gebrochen die Weltsprache und rollte stark die Laute, hatte ein anderes Mal eine kantige Nase und einen bösen Blick oder studierte auffällig häufig großformatige Bilder von Juri, um sich wohl sein Gesicht einzuprägen. Sofern man seine Haare sehen konnte, so hatte er laut einigen Beobachtern eine Glatze mit deutlichen Narben am Schädel, oder lange schwarze fettige Haare, die in sein Gesicht hingen oder eine verwahrloste Haarpracht, die auf deutliche Vernachlässigung hinwies.

Juri scrollte stundenlang durch alle Artikel, die er zu diesem Thema finden konnte und besprach die Funde immer mit Petr und Lea. Die beiden hatten sich dem Stubenarrest ungewohnt wehrlos gefügt und Juri lag oft nachts wach und fragte sich, wie er das seinen Kindern antun konnte. Lea brauchte den Kontakt zu ihrer peer group und Petr hatte vielleicht seinen ersten Freund oder Freundin, so genau hatte er das nicht geäußert und Juri fragte sich, ob er das soziale Leben seiner Kinder zu einem Zeitpunkt komplett zerstörte, an dem es eigentlich blühen und gedeihen sollte.

Manchmal hatte Juri den dämlichen Wunsch, dieser Typ würde endlich auftauchen, denn diese Warterei war zermürbend und demütigend. Stella und die anderen StudentInnen aus der WG kauften für ihn ein und stellten die Lebensmittel vor seine Tür. Der Kontakt zu Marc schlief immer mehr ein, vor allem, weil Juri ihm – wie allen anderen – untersagte, vorbeizukommen und nicht viel Sinn darin sah miteinander zu telefonieren, wenn es absolut nichts Neues in der causa gab. Natürlich lag das Museum auf Eis, auch wenn es in der Gruppe die Nachricht gab, dass die neuen Räume mittlerweile bezugsfertig waren.

Eines Nachts schreckte Juri hoch, weil er dachte, er hätte ein Geräusch gehört. Es war ein Uhr nachts. Er zog sich seine Hose über und schlich nach unten. Es war alles ruhig. Vor und hinter seinem Haus brannten Lichter und Laternen, alles war gut ausgeleuchtet. Zwei Leute patrouillierten die Straße und die Terrasse entlang, es war alles unauffällig. Juri atmete aus. Es war nicht das erste Mal, dass es falschen Alarm gab und immer häufiger schlich Juri nachts durch sein Haus und suchte ein Phantom, das eventuell nie auftauchen würde.

Doch diesmal packte Juri ein neues Gefühl. Er wollte ausbrechen. Ohne groß nachzudenken und wie halb in einem Traum zog er sich Jackett und Schuhe an, passte einen Moment ab, in dem die Wachen von der Terrassentür abgewandt waren und lief durch seinen Garten, sprang über den Gartenzaun und landete im Gebüsch der Parallelstraße. Dort blieb er sitzen und atmete hektisch. Er wusste nicht, was in ihn gefahren war. Die Aktion war gefährlich und dumm. Aber er konnte physisch nicht mehr in seinem Haus sitzen, seine Arme und Beine trieben ihn heraus.

Natürlich wollte er nicht über die offene Straße spazieren, so lebensmüde war er nicht. Was sollte er tun? Er blickte aus seinem Versteck über die dunkle und stille Straße, entdeckte einen Kanaldeckel, rannte darauf zu, hob ihn an und verschwand in der Kanalisation.

Es brauchte ein paar Anläufe, bis er eruiert hatte, wohin die Kanäle unter der Stadt hinführten. Doch irgendwann hatte er den Dreh raus, damit drei Orte unbemerkt zu erreichen. Die alte Bibliothek, in der er im völligen Glück schwelgend Bücher sortieren konnte. Das alte Museum, dessen Objekte er für die Überführung in die neuen Räume sortierte und in Kisten verpackte. Und das neue Museum, bei dem er erst einmal war, um sich die fertigen und aufgeräumten Räumlichkeiten anzuschauen.

Das waren die einzigen Momente, in denen er sich frei und im Einklang fühlte und er hatte das Gefühl, er brauchte diese Ausflüge, um unter den gegebenen Umständen überhaupt weiterexistieren zu können und nicht zu zerbrechen. Das Ganze war natürlich auch wahnsinnig fahrlässig, aber Juri konnte sich nicht dazu bringen, aufzuhören.

Die Kanalisation schien seinem Gemüt perfekt zu entsprechen. Dunkel, ruhig und schwer lag sie dar. Man konnte dort niemandem begegnen. Seit ein paar Tagen hatte Juri so ziemlich alle Kontakte auf null heruntergefahren. Er konnte die immer gleich verlaufenden Gespräche nicht mehr ertragen. Die vielen Hilfsangebote, die nicht umgesetzt werden konnten. Die leeren Versprechen in den Nachrichten. Die traurigen und stoischen Gesichter von Lea und Petr. Das Gefühl, als Vater, Wissenschaftler und Bürger trotz allem versagt zu haben, sich diese Situation selbst eingebrockt zu haben, wuchs und wurde mit jedem Tag stärker. Gleichzeitig schien sich an der Auftragskiller-Front nichts zu bewegen und Juri wusste mittlerweile nicht mehr, wo die Realität aufhörte und das Paranoide anfing.

„Juri, bist du das, der die Bücher sortiert?", schrieb Birte ihm, doch er antwortete nicht.

„Die Objekte aus dem alten Museum können in die neuen Räume gebracht werden", schrieb er in die Museums-Gruppe und schloss den Gesprächsverlauf.

„Juri, warum meldest du dich nicht mehr bei mir?", schrieb Marc ihm, doch er antwortete ihm nicht.

Irgendwie wusste Juri, dass es falsch war, all diese nächtlichen Ausflüge zu unternehmen, aber er konnte nicht anders. Sein oberirdisches Leben war irgendwie zu einem Stillstand gekommen, es stockte und verhakte sich, alle zwischenmenschlichen Interaktionen verliefen in den immer gleichen Bahnen und boten keinen Spielraum mehr für Variationen und Unerwartetes. Juri hätte nie gedacht, dass eine räumliche Einschränkung einen solchen Effekt haben würde. Er dachte an all die politisch Verfolgten, die unter Hausarrest gestellt wurden und verstand jetzt endlich. Sie würden früher oder später zermürbt werden, obwohl es nach außen so aussah, als wäre alles in Ordnung. Oder sie hatten mehr Willensstärke als er.

Merkwürdigerweise erreichte das nächtliche Stapfen durch die Rinnsale und Pfützen der Kanäle, dass er sich mehr mit der Welt verbunden fühlte als mit dem Leben tagsüber in seinem Zuhause. Natürlich hatte er ein massives schlechtes Gewissen gegenüber seinen Kindern, aber hatte er nicht wie alle anderen auch eine Sollbruchstelle und konnte diese nicht einfach wegzaubern und so tun als wäre alles in Ordnung?

Manchmal dachte er an das letzte Jahr in seiner Heimat vor seiner Ausreise nach Mela. Er hatte auf die Rückmeldung, ob er die Professorenstelle hier antreten konnte oder nicht, gewartet. Die Warterei war quälend und die Zeit schien wie stehen geblieben zu sein. Andererseits konnte er es in Jaku immer weniger aushalten. Die Vorstellung, dass seine Bewerbung abgelehnt werden würde, war unerträglich. So, als wäre sein Leben dann zu Ende. Es hätte bedeutet, dass er mit Ilja und den Kindern nicht hätte als Familie leben können, sondern nur in Verbindung mit Iljas Schwester als Vorwand.

Dass in Mela auch kaum ein Familienleben stattgefunden hatte, weil Ilja sehr schnell krank geworden und schließlich verstorben war, das war natürlich ein weiterer Schlag ins Gesicht. So, als ob das Schicksal einem einen Wunsch gewährt, aber dafür etwas anderes wegnimmt. Mittlerweile war er natürlich über den Verlust hinweg und sehr glücklich mit seinen Kindern, dem Job und den Projekten, aber ein Misstrauen war immer geblieben. Schließlich konnte niemand wissen, woher der nächste Anschlag kam. Und so war es ja auch gekommen.

„Juri, ich mache mir Sorgen um dich", schrieb Marc. „Ich habe seit über einer Woche nichts von dir gehört. Ist dir aufgefallen, dass jemand um dein Haus herumschleichen würde? Die Wachleute sagen, dass es merkwürdige Bewegungen gibt, die sie nicht zuordnen können.

Manchmal, wenn ich abends rausgehe, ist es so, als würde mir jemand folgen. Ich drehe mich um und da ist niemand, aber etwas ist anders als sonst. Die ganze Stadt ist unter Anspannung, seit dieser Typ sich hier herumtreiben soll. Niemand geht mehr nach acht Uhr raus, alle verbarrikadieren sich. Ich muss dringend mit dir sprechen, melde dich bei mir."

„Juri, wir haben wie besprochen alle Artefakte in die neuen Räume gebracht", schrieb Neev in der Gruppe. „Wie hast du es geschafft, dass sie alle geordnet in den Kisten waren? Es war alles unglaublich penibel sortiert, kein Vergleich zu dem, wie ich das Museum vor ein paar Monaten in den alten Räumen gesehen habe. Hast du Leute angewiesen, das zu erledigen? Wie auch immer, ich bin schwer beeindruckt. Ich kann es kaum mehr erwarten, dich wieder in Person zu sehen."

„Juri, hast du dich in ein Phantom verwandelt?", schrieb Birte. „Es wird gemunkelt, dass du mit einem Tarnumhang durch die Stadt eilst und an allen Ecken und Enden werkelst und neue Überraschungen vorbereitest. Weißt du, wie in dem einen Fantasy-Buch. Die alte Bibliothek war noch nie in so einem guten Zustand. Wir haben immer mehr BesucherInnen, es ist manchmal geradezu voll, kannst du dir das vorstellen? Vielleicht hoffen die Leute auch, dass sie dich hier mal treffen, ich weiß es nicht. Es wird viel über dich gesprochen, du bist in aller Munde. Ich habe auch ein paar Mal diesen Marc getroffen, er schlich einsam durch die Regale, so als ob du dich vielleicht zwischen den Büchern verstecken könntest. Er hat mich und die anderen gefragt, ob ich dich gesehen hätte. Aber niemand hat dich gesehen. Wir vermissen dich."

„Juri, wir kennen uns nicht, aber es ist mir ein wichtiges Anliegen, dich anzuschreiben. Ich bin Marcs Schwester Sonja und ich wende mich an dich, um dir mitzuteilen, dass es eine Unverschämtheit ist, wie du mit Marc umgehst. Ich verstehe, dass es momentan eine extrem schwierige Situation ist. Aber das ist kein Grund, ihm so die kalte Schulter zu zeigen. Mein Bruder hat nichts gemacht, als dich bedingungslos zu unterstützen und das ist der Lohn. Schreib ihm wenigstens, dass du nichts mehr mit ihm zu tun haben willst. Ich dachte, du wärst ein Professor der Gesellschaftswissenschaften, also benimm dich auch wie einer! Marc hat genug Erfahrungen mit unzuverlässigen und treulosen Partnern gesammelt, ich werde nicht zulassen, dass du sein Herz auch noch brichst. Also reiß dich zusammen und sprich mit ihm, verdammt!"

„Juri, was ist bei dir los?", schrieb ihm Steege. „Melde dich bitte, ich mache mir Sorgen. Die Situation ist unerträglich. Ich bin dabei, mit ein paar KollegInnen einen offenen Brief zu veröffentlichen, um dich zu unterstützen und noch weiteres mehr. Es ist etwas größeres geplant, ich hoffe, es ist in deinem Sinne."

„Juri, es ist so still geworden", schrieb ihm Kolja. „Die WissenschaftlerInnen von Jaku sind sehr still geworden. Sie haben alle Angst, dass sie dasselbe Schicksal ereilt wie dich. Du bist still geworden. Es ist genau das eingetreten, was Maana sich erhofft hatte. Alle zittern vor Angst. Ich auch. Meine Arbeit fühlt sich noch leerer und inhaltsloser an. Worüber sollen wir schreiben? Die Stille ist unerträglich."

Juri wollte all die Nachrichten beantworten. Er wollte aus seinem Versteck ausbrechen. Er wollte all diese Menschen auf keinen Fall im Stich lassen. Nur noch eine nächtliche Wanderung, sagte er sich. Heute Nacht wollte er in die neuen Räumlichkeiten und die Regale einräumen. Vielleicht würde er es nicht komplett schaffen, aber ein Anfang wäre gemacht. Dieses Projekt wäre halbwegs abgeschlossen und dann würde er sich den ganzen anderen Angelegenheiten zuwenden.

Juri schob den Kanaldeckel zur Seite, kletterte in Windeseile heraus und war blitzschnell im Gebäude. Die Tür quietschte immer noch leicht, als er sie öffnete und in den neuen Räumlichkeiten des Museums stand. Sie hatten sich radikal verändert, waren nicht mehr leer, sondern gefüllt mit Regalen und Kisten, Vitrinen, Sitzgelegenheiten und allem Möglichen. Juri ließ die Jalousien runter und machte ein kleines indirektes Licht im Flur an, sodass er gerade so etwas sehen konnte, aber nicht zu viel Aufmerksamkeit zur Straße hin erregte.

Bevor er mit dem Auspacken anfing, rekapitulierte er das Treffen mit Marc, das er hier hatte. Die Erinnerung daran schmerzte ihn etwas. All die Hoffnungen und Zweifel, die mit Marc verbunden waren, kamen hoch und vermengten sich miteinander. So viel im Leben war so. Es hatte für Juri schon immer Menschen und Orte voller Sehnsüchte und Hoffnungen, aber auch Enttäuschungen und Erwachen gegeben. Das hieß natürlich nicht, dass man nie träumen dürfte. Nur, dass man nie endgültig darauf vorbereitet sein konnte, welche Wendungen und Entwicklungen das Leben einem präsentierte. Wie man damit umging, das hatte Juri nie erfahren.

Immerhin wusste er, wie man im Rückblick mit den Ereignissen umging. Er wandte sich der ersten Kiste seiner Sammlung zu. Man schrieb darüber eine Geschichte. Hier, vor ihm, war die Entstehungszeit von Mela. Sie war stürmisch, ungehalten, roh und unmittelbar gewesen. Geradezu emotional. Verworren. Widersprüchlich. Da war das erste Grundgesetz, das verabschiedet wurde. Die ersten Stadtpläne. Die Zusammensetzung der ersten Stadtversammlung. Fotos von der Inbetriebnahme der autonomen Bahn. Zerknitterte Protestplakate aus der Zeit, als es darum ging, wie mit Kriminellen umgegangen werden sollte. Wie die Gesundheitsversorgung aussehen sollte. Von welchen Branchen Mela sich abhängig machen musste. Und so weiter.

Jahrelange, ach was, jahrzehntelange Aushandlungsprozesse, die nicht immer zu einer guten Lösung geführt hatten. Vielleicht würde Juris Ehemann noch leben, wenn man sich nicht dagegen entschieden hätte, kostenaufwändige medizinische Behandlungen einzusparen. Alles Spekulationen. Was Juri in diesen Kisten fand waren Spuren von Unvollständigkeiten, deswegen musste man ja ständig Verbindungen ziehen, um das alles zusammen zu halten. Das Leben an sich. Aber auch die Stadt. Sich selbst. Familien und Beziehungen. Ständig drohte alles unter der Kontingenz und Unvorhersehbarkeit zu zerbrechen.

Juri hatte bereits einige Kartons ausgepackt und war voll und ganz in seine Arbeit vertieft, als das Quietschen der Tür ihn hochschrecken ließ. Abrupt drehte er sich um und sah, dass Marc hereingekommen war.

„Dachte ich es mir doch, dass du hier bist", murmelte Marc und kam auf Juri zu.

Juri kam sich sofort ertappt vor und wäre am liebsten im Erdboden versunken oder hätte irgendeine clevere Ausrede parat gehabt. Hatte er nicht. Und Marc sah wütend aus. So, wie er ihn noch nie erlebt hatte. Augenblicklich tat ihm sein asoziales Verhalten leid und er wünschte sich, er könnte es rückgängig machen, um die Verletzung in Marcs Gesicht nicht zu sehen. Doch das ging natürlich nicht, er musste jetzt damit umgehen.

Marc blieb vor dem Tisch, an dem Juri gerade arbeitete, stehen und setzte sich halb darauf. Er sah irgendwie blass aus, mit deutlichen Schatten unter den Augen. Juri streifte sein Gesicht flüchtig und fuhr fort eine der ersten Flaggen von Mela auf- und abzurollen, der seidige Stoff war weich zwischen seinen Fingern.

„Du hast mir das letzte Mal versprochen, dass du mich nicht ausschließt, dass du mich nicht ignorierst, falls es Schwierigkeiten geben sollte und du hast dein Versprechen gebrochen", sagte Marc mit ruhiger Stimme. „Ich musste dir nachspionieren und wahrscheinlich mein Leben aufs Spiel setzen, um herauszufinden, wo du dich herumtreibst, während du mir nicht einfach eine Antwort schicken konntest", seine Stimme bebte leicht. „Ich bin schwer enttäuscht und bin nur gekommen, um einen Abschluss für mich zu finden. Das Projekt mit dem Museum wird jemand anderes weiterführen, ich bin raus."

Marc blieb noch einen Moment sitzen und wartete ab. Schließlich stand er auf.

„Warte", sagte Juri und legte die Flagge beiseite. „Es tut mir leid. Ich weiß, ich habe mich unverzeihlich verhalten. Nicht nur dir, allen gegenüber. Meinen Kindern, Freunden, KollegInnen, StudentInnen. Nicht, dass es das besser macht."

Juri rieb sich die Stirn und ging um den Tisch herum auf Marc zu. Er wusste, er konnte das alles nicht reparieren, aber so auseinandergehen wollte er auch nicht.

„Diese ganze Geschichte…", setzte er an und spürte, wie seine Stimme zu zittern begann, „ich weiß nicht wie andere Leute das verkraften… zu wissen, jemand ist hinter mir her… dass man versucht mich mundtot zu machen und die Strategie auch erfolgreich ist", er lachte trocken und schüttelte den Kopf.

„Ich verstehe, wie schwierig das für dich sein muss", Marc knetete seine Hände. „Aber wieso müssen dann alle mit einem Schweigen bestraft werden?"

„Weil schon alles gesagt ist. Weil ich gefangen bin in dieser Welt, diesen Ängsten um mein Leben und dem von Lea und Petr. Weil sich nichts zu bewegen scheint. Außerdem, ich hätte mich gemeldet, ich weiß, das klingt jetzt wie ein Lippenbekenntnis. Ich habe mein Zeitgefühl verloren", Juri zog seine Brille aus und legte sie neben dem Karton ab, rieb sich die Augen. „Es ist… als ob mein Heimatland es geschafft hätte, mich wieder unter seine Fuchtel zu bekommen, auch von tausenden von Kilometern Entfernung. Mich mundtot und gefügig zu machen. Als ob ich wieder Anfang zwanzig wäre", sein Blick schweifte in die Ferne, „orientierungslos, suchend, verzweifelt, ängstlich. Nicht zu wissen, wann und wie das alles aufhört. Sich verstellen müssen, seine Beziehung geheim halten müssen, Angst haben, dass einem die Kinder weggenommen werden oder man unter irgendeinen Vorwand in den Knast geworfen wird. Ob man ausreisen darf oder nicht. Ob es die richtige Entscheidung war. Das alles dreht sich ständig in meinem Kopf."

„Hast du mal mit jemandem darüber gesprochen, das alles aufgearbeitet?"

Juri nickte. „Es war auch gut. Sonst könnte ich jetzt nicht vor dir stehen und das alles reflektieren. Aber man kann es nie vollständig überwinden, oder? Ich sehe das bei vielen hier in Mela. Man findet schon einen Weg zum

Leben und auch zu einem erfüllten Leben, aber man kann viele Teile der Vergangenheit nicht einfach verarbeiten und ad acta legen."

„Nein, das wäre zu viel verlangt", Marc schüttelte den Kopf.

„Deine Schwester hat mich angeschrieben", fiel Juri plötzlich ein.

„Oh nein", Marc griff sich an den Kopf, „das tut mir leid. Was hat sie gesagt? War es Sonja? Meine beiden Schwestern meinen, sie müssen sich einmischen… Ignoriere es einfach…"

„Warum hat sie geschrieben, dass du schon so oft verletzt wurdest?", Juri schluckte schwer. Er wollte nicht in alten Wunden herumstochern, hatte aber das Gefühl, jetzt war die Gelegenheit, es anzusprechen.

Marc stand auf und lief auf und ab. „Anscheinend suche ich mir immer die Rolle desjenigen aus, der am Ende den Leuten hinterherlaufen muss", erwiderte er kryptisch. „Ich ziehe immer den Kürzeren, warum? Ich dachte, bei dir wäre es anders. Oder sind heutzutage alle Leute so… verschlossen, distanziert, zurückgezogen?", er blieb vor den Jalousien stehen und lugte durch die Lamellen. „Ich bin wahrscheinlich selbst schuld daran, ich öffne mich zu schnell, zu leicht, bin zu freundlich, zu hoffnungsvoll, bin so schnell eingenommen von jemandem, rücke zu nahe. So wie jetzt. Warum bin ich hier?"

Juri ging auf ihn zu und legte ihm die Hand auf die Schulter, Marc drehte sich um. Sie umarmten sich.

„Es tut mir leid", murmelte Juri in Marcs Nacken und fuhr durch seine Haare. Sie waren weich und Juri merkte, wie sehr er es vermisst hatte, einen anderen Menschen zu berühren, Marc zu berühren. „Es ist nicht deine Schuld.

Du machst es genau richtig. Ich…", Juri brachte ein paar Zentimeter Abstand zwischen sie und suchte nach den richtigen Worten. „Ich… für mich gibt es so viele Hindernisse zu überwinden, so viel gedanklichen Ballast. Ich kann mich da nicht einfach reinfallen lassen. Und bis ich das geschafft hatte, war es fast zu spät. Oder ist es zu spät. Marc....", flüsterte er in sein Ohr, „ich will dich nicht verlieren, okay? Und das Leben ist so voller Ungereimtheiten, wie soll man da einen klaren Kopf bewahren? Ich versuche es, ich will dich…"

Sie küssten sich und Marc drückte Juri gegen die Jalousien, sodass diese klapperten. Sie pressten sich hilflos gegeneinander, ihre Hände und Arme krallten sich fest, als ob sie verzweifelt wären und gegen die Zeit arbeiten mussten.

„Ich bin so froh, dass du das sagst", brachte Marc zwischendurch hervor und schnappte nach Luft.

„Ich möchte für dich da sein, okay?", erwiderte Juri.

Sie versanken wieder in einem hektischen Kuss, bis die Tür erneut quietschte und auf einmal alles ganz schnell ging. Eine dunkle Gestalt kam herein. Es gab einen Schuss. Juri schrie. Ein zweiter Schuss. Juri spürte, wie warmes Blut zwischen seinen Händen rann. Marc sackte in seinen Armen zusammen, sie fielen beide auf den Boden. Juri holte reflexhaft seinen Taschencomputer und setzte einen Notruf ab.

Marc lag vor ihm auf dem Rücken und wand sich, hustete, gurgelte, verkrampfte sich. Eine Blutlache breitete sich unter ihm aus. Wie im Nebel zog Juri sein Jackett aus, suchte die Wunde, und drückte es drauf, um die Blutung zu stoppen. Versuchte, Marc zu drehen. Dieser schrie vor Schmerzen auf, sank dann schließlich in sich zusammen.

Es war wie damals, als er Ilja verloren hatte, dachte er. Ein kämpfender Körper in seinen Armen und er konnte nichts dagegen machen.

10

Juri musste einen Blackout gehabt haben, das schloss er jedenfalls aus den Umständen, in denen er sich jetzt befand. Angestrengt versuchte er sich daran zu erinnern, was passiert war, nachdem Marc in seinen Armen zusammengefallen war und er Hilfe geholt hatte. Warum war der Auftragskiller verschwunden und hatte nicht auch Juri niedergestreckt? Nichts wäre einfacher gewesen. Doch Juri war unverletzt. Er lief durch einen dunklen Gang und grübelte über die Ereignisse.

Schon der Anblick dieser Person, die da plötzlich vermummt in dem hell erleuchteten Flur stand, hatte einen Schock in ihm hinterlassen, die Schüsse und den Rest hatte er nur noch fragmenthaft in Erinnerung, als wäre die Realität zersplittert und zersprungen in tausend Teile. Gegenwart, Vergangenheit und Zukunft waren dabei durcheinander geraten und Juri hatte große Probleme, auseinanderzuhalten, was wohin gehörte. Auch die räumliche Zuordnung war ihm abhandengekommen. Wo befand er sich? Es fühlte sich an wie ein Zwischenraum. Vielleicht zwischen Leben und Tod? Zwischen Himmel und Hölle? Alte Überzeugungen aus seiner Kindheit, dass er für seine Sünden büßen müsste, kamen in ihm hoch, obwohl er sie eigentlich schon lange aus seinen aktiven Gedanken verbannt hatte.

Manchmal dachte er, ein paar Meter vor sich eine Gestalt zu sehen, die mit Marc Ähnlichkeit hatte und sprintete nach vorne, um ihn einzuholen, doch die Person rannte von ihm weg und alles was er hörte war das Platschen der Pfützen. Vielleicht war es doch nur Juris Schatten gewesen?

Juri lief den Gang immer weiter nach vorne, doch es fühlte sich manchmal so an, als würde er sich rückwärts bewegen und sich von dem schummrigen Licht, welches sehr weit weg flackerte, immer weiter entfernen. Juri rieb sich den Kopf und fragte sich, ob er sich nur so schlecht orientieren konnte, weil seine Brille in dem Museum liegen geblieben war.

Dann wachte er von einem Geräusch, welches von sehr weit weg kommen musste, wieder auf und merkte, dass er geschlafen haben musste. Er fuhr mit beiden Händen über sein Gesicht und fragte sich, ob das der Alptraum war, in dem er lebte? In einer Art Tunnel gefangen zu sein, der kein Anfang und kein Ende hatte und sich über hunderte von Kilometern zu erstrecken schien. Und dann dachte er an die Alpträume, die er fast jede Nacht als Kind und Jugendlicher gehabt hatte, nachdem er von seinem Vater in einem stockdunklen Keller eingesperrt worden war, weil er sich nicht richtig verhalten hatte. Dass er irgendwo eingemauert wird oder die Decke immer weiter runter kommt und ihn zerquetscht. Ein Gefühl von Ohnmacht, Ausgeliefertsein, Sinnlosigkeit, Wehrlosigkeit, Fragilität und Unberechenbarkeit durchflutete seinen Körper und er war so gut wie immer nicht in seinem Bett, sondern auf dem Boden, im Flur, in der Küche, im Garten, auf der Straße hektisch atmend aufgewacht, wie ein Fisch auf dem Trockenen, der um das Überleben kämpfte.

Die Erinnerung an diese Träume zerschmetterte Juri in seinem ganzen Sein und ließ ihn stunden- oder tagelang in der Nässe des Tunnels liegen, als wäre er ein alter Waschlappen, der aus Versehen die Toilette herunter gespült worden war. Und dann war er doch wieder auf dem

Weg und machte sich auf seine Wanderschaft mit unbekanntem Ziel.

Ein paar Mal meinte er, seinen Namen zu hören, er blieb stehen und schaute sich um, um das Rufen lokalisieren zu können. Doch dann vernahm er nur noch ein schwaches Echo, welches immer wieder an den Wänden abprallte und um ihn herumschwirrte. Als es weg war hörte er nur noch ein Tropfen und spürte immer wieder Erschütterungen wie von einer vorbeifahrenden Straßenbahn oder ähnlichem. Dann hatte er eine vage Ahnung, dass er auch mal ein anderes Leben geführt haben musste, ein Leben, das nicht das Umherirren durch dunkle Gänge beinhaltete. Aber so sehr er sich auch versuchte, daran zu erinnern, es verschwamm vor seinen Augen und nahm keine konkreten Formen an. Die Gesichter von Marc, Ilja, Lea, Petr und ein paar anderen Leuten huschten dann für einen Bruchteil einer Sekunde durch sein Gehirn und verschwanden, bevor er sie festhalten konnte.

„Ich habe immer wieder die falschen Entscheidungen getroffen", murmelte er vor sich hin wie ein Betrunkener, der in der Gosse lag, „und deswegen habe ich alles verloren. Ich habe nicht gekämpft, als es notwendig war und habe weitergemacht, wenn ich hätte lieber aufgeben und die Umstände akzeptieren sollen. Immer wenn ich dachte, ich wäre stark, habe ich mich bloß lächerlich gemacht und wenn ich dachte, ich hätte keine Chance, hätte ich mutig sein sollen. Und warum das alles? Weil ich immer so sehr von mir überzeugt war, wie klug, einfallsreich, belastbar und besser als die anderen war. Wollte es immer allen beweisen, dass ich mit den anderen auf der Weltbühne mithalten konnte. Und dann fällt man besonders tief und der

Aufprall ist umso härter. Kein Wunder, dass Marc jetzt wegen mir tot ist…"

Und so ging das in einem fort. Bis zu dem Tag, als er sehr laute Geräusche über sich hörte. Es war geradezu ein Donnern und Quietschen und Rattern. Juri schreckte hoch und versuchte, die Ereignisse einzuordnen. Und dann erschien das erste Mal seit was wusste er schon, weit entfernt eine Lichtquelle, die in seinen Tunnel schien. Aus dieser Richtung kamen jetzt mehrere Stimmen, die sich unterhielten. Juri schaute in die Richtung des Lichts, welches von oben hereinzufallen schien. Eine Person stieg eine Leiter herunter und tauschte sich mit jemandem, der oben stand, aus. Juri hörte ihr Gespräch wie durch eine dicke Glasscheibe, konnte nichts davon verstehen. Stattdessen kauerte er in seiner Ecke und beobachtete die Ereignisse, die für ihn unverständlich waren. Wo war er? War es ein Traum? Das Leben nach dem Tod? War er zurück in Jaku, vielleicht in einer Art Kerker, in den man ihn geworfen hatte?

Der Mann, der die Leiter heruntergekommen war, schaltete seine Taschenlampe ein und leuchtete um sich herum. Das Licht blendete Juri schmerzhaft, sodass er sich reflexhaft wegdrehte und die Augen zukniff, seine Arme um seinen Kopf legte. Schritte kamen näher, der Mann sprach in einer Sprache, die Juri nicht verstehen konnte, auch wenn sie ihm etwas bekannt vorkam. Trotzdem konnte er die Worte nicht zuordnen. Der Mann blieb vor ihm stehen, das hörte Juri, eine längere Pause entstand. Dann kniete er sich hin.

„Juri?", sagte der Fremde schließlich. „Juri Myslitel?"

Juri rührte sich nicht. Der andere sagte noch ein paar Sätze in der anderen Sprache. Als er seine Hand auf Juris

Schulter legte, zuckte Juri zusammen und drehte sein Gesicht zu dem Mann. Er kam ihm bekannt vor, aber er hatte keine Verbindung, keinen Namen.

„Juri!", rief sein Gegenüber bestätigend und rief ein paar Sätze zu den Leuten in die Richtung, aus der er gekommen war.

Als er sich ihm wieder zuwandte, legte er den Kopf schief und begann schließlich in einer anderen Sprache, in seiner Herkunftssprache aus Jaku zu sprechen.

„Juri, ich bin Serg, kannst du dich erinnern, kannst du mich verstehen?"

„Ja", krächzte Juri schließlich.

„Ich bin wegen eines Wasserrohrbruchs hier und habe dich gesehen. Wir haben schon seit Wochen nach dir gesucht, warum hast du nicht... was machst du hier... wieso...", stotterte er.

„Wo bin ich?", murmelte Juri.

„In der Kanalisation von Mela. Wie hast du hier überhaupt überlebt?"

Bevor Juri antworten konnte, kamen schon ein paar andere Leute angerannt.

„Das ist Neev und Kora, kannst du dich noch erinnern?", fragte Serg und sprach dann mit den beiden in ihrer Sprache.

Die drei waren sehr aufgeregt und redeten durcheinander, zeigten in alle Richtungen.

„Wir bringen dich jetzt nach oben, okay?", erklärte Serg. „Halt dir die Augen zu, dann ist es erträglicher. Kannst du aufstehen? Wir bringen dich in die Notaufnahme, okay? Also los."

Serg klang so vernünftig und zog ihn hoch, stützte ihn und half ihm, zu der Leiter zu kommen. Neev ging vor und streckte ihm die Hand entgegen, um ihn hochzuziehen. Das Licht oben schockte ihn sondergleichen und Juri krümmte sich, wäre fast wieder in die Kanalisation rückwärts reingefallen. Er wurde von allen Seiten von laut sprechenden Leuten aufgefangen und an die Erdoberfläche verfrachtet. Dort angekommen spürte er, wie seine Beine nachgaben und er sich nicht halten konnte. Die starken Arme von Serg waren um ihn.

„Komm, hier lang, wir haben einen Wagen geholt", beruhigte er ihn.

„Ka-kannst du mich na-nach Hause bringen?", stammelte Juri in seiner Muttersprache. „Ich will nicht in die Notaufnahme. Bitte. Wo ist mein Zuhause?"

„Bist du dir sicher? Du bist ausgetrocknet, unterkühlt, ausgemergelt, vielleicht krank…"

„Nichts, was man nicht auch zu Hause behandeln kann. Vielleicht kann man mich dort einfach an den Tropf hängen oder so…", murmelte Juri.

„Ich muss das besprechen", gab Serg von sich.

Kurze Zeit später spürte Juri, wie er auf einer Liege abgelegt wurde und die Türen des Wagens sich schlossen. Er konnte seine Augen immer noch nicht öffnen. Der Wagen fuhr los.

11

In den nächsten Tagen konnte er sich an nicht viel erinnern. Er lag in seinem Bett, das merkte er an dem Geruch, der ihm sehr bekannt vorkam. Immer wieder kam eine Krankenschwester vorbei, um ihm Flüssigkeit durch einen Zugang zukommen zu lassen. Sie sprach ein paar Worte in seiner Heimatsprache und Juri nickte jeweils dazu. Dann zog er sich seine Bettdecke über den Kopf und schlief ein oder etwas ähnliches.

Eines Morgens wachte er auf und spürte, dass etwas anders war. Sein Kopf war etwas klarer als zuvor. Juri setzte sich auf und rieb sich die Augen, schlug sie auf. Das Zimmer war fast komplett abgedunkelt, sodass er nur Schemen erkennen konnte. Ein Kleiderschrank, ein Schreibtisch, Nachttisch, Bürostuhl, ein paar Bilder an den Wänden.

Juri stand auf, unterbrach die Infusion und schraubte den Schlauch ab. Öffnete die Vorhänge einen spaltbreit. Die Sonne brach hindurch, er kniff die Augen zusammen, versuchte sich aber an das Licht zu gewöhnen. Öffnete die Tür und lief in einen kleinen Flur, von dem aus Treppen nach unten führten. Er stieg sie hinab und kam in ein Wohn-Esszimmer-Bereich. Zwei Leute saßen an einem Tisch und frühstückten. Sie drehten sich zu ihm um und starrten ihn an. Als er in ihre Gesichter blickte, kam ein Teil der Erinnerungen zurück. Er wohnte mit seinen beiden Kindern in Mela. Sein Ehemann war vor Jahren verstorben. Er war Professor an der Universität.

Juri spürte, wie ein leichter Schwindel ihn erfasste und er hielt sich am Türrahmen fest. Sofort sprang Petr auf und kam ihm zur Hilfe. Er sprach mit ihm in einer Sprache, die Juri nicht verstand.

„Was hast du gesagt?", fragte er in seiner Muttersprache.

Petr öffnete den Mund und schaute zu Lea und wieder zu ihm.

„Ich kann Jaku nicht mehr so gut", sagte er schließlich. „Tut mir leid. Lea hat es nie gelernt. Wie geht es dir?"

Juri wollte etwas erwidern, öffnete den Mund, aber es kam nichts raus. Stattdessen kam Lea angerannt und sie umarmten und weinten zu dritt. Sie drückten sich so fest wie noch nie zuvor und flüsterten in allen möglichen Sprachen vor sich hin, schluchzten und schnieften. Juri wusste nicht, wie lange sie so verharrten und wie sie auf dem Sofa gelandet waren.

„Wir hatten solche Angst um dich", Petr wischte sich die Tränen aus dem Gesicht.

„Warum?", fragte Juri mit zitternder Stimme. Er wusste nicht, ob er schon bereit für alles war.

Petr schaute bedeutungsvoll zu Lea und sie unterhielten sich kurz.

„Wir dachten, du wärst tot. Das ganze Blut... wir dachten, sie hätten deine Leiche oder dich mitgenommen und das wars", Petr brach wieder in Tränen aus und Lea strich ihm über die Haare.

Das Blut... irgendwo klingelte es bei Juri. Das Blut war furchtbar, das wusste er. Aber er war noch nicht bereit, sich damit auseinander zu setzen.

„Es tut mir leid", er nahm Petr und Lea rechts und links in den Arm und so blieben sie eine ganze Weile.

Als er später unter der Dusche stand und ausgiebig das warme Wasser über sich laufen ließ, da flossen noch mehr Tränen. Juri wusste gar nicht, was er beweinte, welchen Verlust oder welchen Schmerz. Es war einfach dieses dumpfe Gefühl, dass er so viel von dem, was ihm wichtig war, verloren hatte. Seine Freiheit, seine Leichtigkeit, seine Experimentierfreude, seine Verbindung zu vielen Leuten und seine Wortgewandtheit, da er die Weltsprache nicht mehr beherrschte. Es kam wahnsinnig viel raus und als Juri aus der Dusche stieg, da fühlte er sich innerlich ganz ausgetrocknet, aber auch mehr im Einklang mit sich.

Nachdem er sich frische Kleidung angezogen hatte, hörte er aus seinem Schlafzimmer Stimmen und warf einen Blick hinein. Lea und Petr waren da, aber auch... Neev. Neev und ihr Freund Theo. Sie unterhielten sich und hatten ihn noch nicht bemerkt. Juri beobachtete ihr aufgeregtes Gespräch.

„Wir dürfen ihm auf keinen Fall von Marc erzählen, es ist noch zu früh", verlangte Theo etwas lauter.

„Wer ist Marc?", fragte Juri und kam dazu. Seit er den Namen gehört hatte, hatte er das Gefühl, irgendwas in ihm wäre aufgebrochen.

„Du kannst uns verstehen?", rief Neev und riss die Augen auf.

„Ja, natürlich", Juri kniff noch etwas die Augen zusammen, Weltsprache wieder zu verstehen fühlte sich an, als ob er mit einem Mal durch die Zeit gefallen und mit einem harten Schlag in der Gegenwart angekommen war.

„Wunderbar, die Heilung schreitet voran", Theo rieb sich die Hände und lächelte breit. „Ich bin auch gekommen, um deinen Zugang zu entfernen, Infusionen sind nicht mehr notwendig, aber achte auf eine ausgewogene Ernährung und viel Flüssigkeit."

Theo kam heran und schob Juri zu seinem Bett, wo er sich hinsetzte und seinen Arm ausstreckte, damit Theo sich an die Arbeit machen konnte.

„Versuch am besten nicht zu viel auf einmal zu machen", Neev setzte sich auf seine andere Seite. „Gewöhn dich langsam an alles. Lies keine Nachrichten", sie schüttelte den Kopf. „Das würde dich überfordern. Schlaf und esse viel, aber bewege dich auch in Maßen, okay? Wenn etwas ist, du kannst immer in der Notaufnahme anrufen."

„Hm", Juri rieb sich den Kopf, sein Gehirn fühlte sich an wie ein Kasten voller Zahnräder, die bei zu viel Informationsaufnahme ins Stocken gerieten und blockierten.

Er wollte so viel noch wissen, gefühlt hundert Fragen brannten ihm auf den Lippen, so viel war noch im Nebel und doch kam keine einzige Frage heraus, er konnte sie noch nicht so formulieren, wie es notwendig gewesen wäre.

Nachdem Neev und Theo gegangen waren, fühlte Juri sich abermals so erschöpft, dass er ziemlich schnell einschlief und in einer traumlosen Welt versank. Es war mitten in der Nacht, als er aufschreckte, er war nassgeschwitzt, sein Herz hämmerte in seiner Brust und er lag vor seiner Terrassentür auf dem Küchenboden. Er richtete mühsam seinen Oberkörper auf und versuchte zu verstehen, wo er war, was passiert war.

„Juri, was ist los", sein Sohn kam angerannt und kniete sich zu ihm runter. „Ist alles okay, was machst du hier?"

„Ich muss weg... ich muss weg...", stammelte Juri atemlos und noch voller Panik. „Sie sind hinter mir her... hier ist es nicht sicher... sie wollen mich töten...", er schaute sich hektisch um, ob irgendwo ein Scharfschütze lauerte oder so. Versuchte auf seine Füße zu kommen. „Ich muss da raus und mich verstecken, ganz weit weg, wo mich niemand finden kann", er versuchte die Terrassentür aufzumachen.

„Warte", Petr zog ihn am Ärmel wieder runter auf den Boden und hielt seinen Kopf mit beiden Händen fest. „Es ist vorbei, du bist in Sicherheit. Niemand ist mehr hinter dir her, okay?"

Sie blickten sich fest in die Augen und dann dämmerte es Juri. So als könnte er die Abläufe in den Augen seinen Sohnes sehen. Der Vortrag auf der Konferenz, der Eklat, die Drohungen von Maana, seine nächtlichen Ausflüge durch die Kanalisation.

„Was...", stammelte Juri. Er erinnerte sich an einiges, aber das Puzzle blieb noch unvollständig, es gab noch so viele offene Fragen.

„Maana hat bekommen, was sie wollten", Petr schluckte schwer. „Sie haben ihren scharfen Hund zurückgepfiffen und das Ganze als Warnschuss abgetan. Wir sind nicht mehr in Gefahr, zum Glück. Lea und ich gehen wieder zur Schule und du bist wieder da. Alles wird gut."

„Dachtest du, ich wäre tot... als ich weg war?", fragte Juri und nahm Petrs Hände in seine.

Petr senkte den Kopf, er fiel auf Juris Brust. Juri nahm ihn in den Arm und strich über seinen Rücken. „Shh, du hast recht, es wird alles gut", flüsterte er. „Ich werde nicht mehr wegrennen und mich verirren, versprochen. Ich bin da. Danke, dass du auf Lea aufgepasst hast, es war bestimmt nicht einfach für dich."

Sie lagen sich länger in den Armen und Juri versuchte immer noch alle Puzzleteile zusammenzuführen.

„Sag mal, Petr", Juri nahm seinen Kopf von seiner Schulter, sodass sie sich anschauen konnten, soweit das in dem schwachen Licht des Mondes ging. „Wie war das für dich damals, als Ilja gestorben ist? Du warst acht Jahre alt…"

Petr schloss die Augen, rieb sich den Kopf. „Es war schrecklich. Am schlimmsten war es, wie ausgemergelt und schwach er am Ende war. Das werde ich nie aus dem Kopf bekommen. Und jetzt, wenn du so daliegst…", er wischte sich über die Augen. „Was ist, wenn du auch nicht mehr aufwachst?"

„Ich fühle mich jeden Tag besser, bald bin ich wieder auf den Beinen", versicherte Juri ihm. „Weißt du, als ich in den dunklen Gängen war, da musste ich oft daran denken, wie Ilja so plötzlich und kurz nach unserem Umzug krank wurde…"

Petr nickte. „Lea kann sich nicht mehr an ihn erinnern, aber… ich habe ihn damals noch lange gesucht, in den Straßen, in den Nachrichten, überall. Als würde er einfach wieder auftauchen. Er war viel strenger als du und hielt noch viel stärker an den Werten unserer Heimat fest, Disziplin, Gehorsam, gute Noten, Leistung, unauffälliges Auftreten, Zielstrebigkeit und so weiter. Meinst du, er wäre hier dauerhaft glücklich geworden?"

„Das kann wahrscheinlich keiner sagen. Aber ich weiß, was du meinst. Ich bin froh, dass wir uns als Familie, wir alle, geöffnet haben und so viele Wurzeln hier geschlagen haben… Es tut mir leid, dass ich nicht für dich in dem

Umfang da war, wie du es gebraucht hast, als du deinen Vater verloren hast."

„Ich habe gesehen, wie allein du warst, wie sehr du getrauert hast und Lea war erst zwei Jahre alt…"

„Trotzdem… du warst auch allein… Ich habe vorher noch nie jemanden beerdigen müssen. Selbst meine Eltern leben noch, irgendwo. Ich war komplett überfordert und konnte dir auch nicht sagen, wie man darüber hinweg kommt. Und eins war mir klar, das würde ich nicht nochmal verkraften, das konnte ich euch und mir nicht antun…"

„Mensch, Juri…", Petr schloss die Augen und sie umarmten sich wieder ganz fest.

„Weißt du was", sagte Juri, als sie sich wieder voneinander lösten, „ich gehe jetzt eine Runde duschen und dann versuchen wir beide noch etwas Schlaf zu finden, okay?"

Petr nickte und sie liefen zusammen aus der Küche.

12

Juri schälte sich aus seiner komplett durchgeschwitzten Schlafkleidung und stellte sich unter den heißen Wasserstrahl. Immer wieder drehten sich Fragmente aus dem Gespräch mit Petr in seinem Kopf. Wieso hatten sie all die Jahre nie über dieses Thema gesprochen? Weil das Leben einfach irgendwann weiter gegangen war und es so viel anderes gab. Weil es so schmerzhaft war. So einen Verlust konnte er nur einmal verarbeiten…

Mit einem Mal war es, als würde die Erde unter ihm beben und Juri musste sich am Fenstersims festhalten, um nicht umzufallen. Es wunderte ihn, dass die Fliesen nicht von den Wänden sprangen, als ihm einfiel, wie Marc in seinen Armen lag. Juri atmete schwer. Was war passiert? War Marc tot? Wollte deswegen keiner mit ihm darüber sprechen? Gesprächsfetzen rasten durch sein Gehirn. Er stellte das Wasser ab und wickelte sich in ein Handtuch, setzte sich auf den Toilettendeckel. Versuchte zu rekapitulieren. Sie waren im Museum. Juri hatte Marc versprochen, bei ihm zu bleiben. Welch Ironie. Dann mehrere Schüsse. Weiter kam er nicht.

Juri warf das Handtuch von sich und stürmte in sein Zimmer, um sich Hose, Hemd und Jackett anzuziehen. Sein dunkelblaues Lieblings-Jackett war jetzt hinüber, aber er hatte noch eines in ultramarinblau.

Er musste den Dingen sofort auf den Grund gehen, es mit seinen eigenen Augen sehen. Möglichst leise, um niemanden zu wecken, zog er sich an. Er wusste nicht, wie spät es war, sein Taschencomputer war ihm abhandengekommen. Aber er kannte die Adresse von Marc. Immerhin musste er nicht durch die Kanalisation wandern, die

Zeiten waren vorbei. Die Bahn würde jetzt nicht mehr fahren, also musste er laufen. Er schrieb Petr und Lea eine kurze Notiz und verließ lautlos das Haus.

Mit schnellen Schritten eilte er durch die leere und dunkle Stadt. Die eisige Luft brannte in seinen Lungen. Welchen Monat hatten sie gerade? Er wusste es nicht. Um zu Marc zu kommen musste er einmal runter in die Innenstadt und dann den Berg wieder hoch nach Klartal. Das würde etwas dauern. Als die Häuser und Grünanlagen an ihm vorbeizogen, rieselten immer mehr Details in seinen Kopf von der schrecklichen Nacht. Marcs Blut an seinen Händen. Juri verlangsamte sein Tempo und senkte seinen Kopf. Was machte er hier eigentlich? Vielleicht sollte er Marc lieber auf dem Friedhof suchen? Und selbst wenn er überlebt hätte, wieso sollte er ihn sehen wollen?

Juri hob den Kopf wieder und schaute sich um. Er war so viele Tage und Wochen im Untergrund gewesen, er hatte ganz vergessen, wie schön die Stadt war. Sie war so friedlich, als würde sie in sich ruhen. Damals, als er mit Ilja den Plan gefasst hatte, hierher auszuwandern und ein neues Leben anzufangen, da hatte er sich vorgestellt, an einem Ort zu wohnen, an dem er keine Angst um sein Leben haben, an dem er keine Anfeindungen fürchten müsste, an dem er einen Gestaltungsraum hatte, an dem er mit anderen wirren Menschen Kontakte knüpfen würde. Damals hatte er gedacht, dass solche Träume illusorisch sind, aber nachdem er hier angekommen war, konnte er kaum glauben, dass es so einen Ort wirklich gab. Das hieß nicht, dass alles immer einfach war, aber es war eine gute Voraussetzung.

Juri blieb in dem großen Stadtpark stehen und erinnerte sich an seine erste Lehrveranstaltung in diesem

Semester. Die Gespräche mit den StudentInnen. Der Streit mit Marc. Sein Herz klopfte schneller und es war, als ob neue Lebendenergie durch seine Adern floss. Es lief nicht immer alles reibungslos, aber das musste es auch nicht, das Leben war so fragil und die Menschen, Geschichten, Orte und Ereignisse zu treffen, mit denen man auf welche Weise auch immer connecten konnte, das war ein wahnsinniges Privileg.

Juris Blick richtete sich in den Himmel, wo die Sterne sich versammelt hatten. Er atmete ein paar Mal tief durch und lief den Berg hoch, der nach Klartal führte. Als er vor Marcs Wohnung stand, trat er von einem Fuß auf den anderen. Er klopfte erst vorsichtig und wartete ab. Es passierte nichts. Dann klopfte er etwas stärker und hielt die Luft an. Das ganze Haus war so ruhig, dass man fast die Luftbewegung hören konnte. Juri merkte, wie wackelig seine Beine waren. Er war noch nicht ganz fit.

Er schreckte auf, als die Tür aufging. In der Dunkelheit konnte er nicht genau erkennen, wer sie geöffnet hatte.

„Juri?", sagte Marcs Stimme und er trat einen Schritt vor, sodass Juri zwar seine Gestalt sah, aber seinen Gesichtsausdruck nicht entziffern konnte.

„Marc, ich bin so froh, dass du lebst", atmete Juri aus und hielt sich den Brustkorb, wie um seine Seele daran zu hindern, seinen Körper zu verlassen. „Ich wusste nicht…, ich weiß immer noch nicht, was passiert ist… oh…", Juri hielt sich am Türrahmen fest, „jetzt erinnere ich mich an den Rest… du wurdest niedergeschossen… das ganze Blut… ich dachte, du wärst in meinen Armen gestorben."

„Ich hatte Glück, sagen die Ärzte", sagte Marc merkwürdig tonlos, „die Kugel hat Schulter und Lunge erwischt, ich wurde operiert...", er schüttelte den Kopf.

Juri fing sich wieder und trat einen Schritt auf Marc
zu, doch dieser wich zurück.

„Juri...mir geht es nicht gut. Ich bin noch sehr angeschlagen", sagte er gequält, „es waren ein paar schwere
Wochen und ich weiß immer noch nicht, ob und wann ich
wieder Gitarre spielen oder arbeiten kann, ich habe viele
Schmerzen..."

„Shit", Juri griff sich an den Kopf. „Es tut mir so leid",
Juri versuchte das Gesicht von Marc zu lesen, doch es lag
zu sehr im Schatten der Wohnung.

„Dass du danach schon wieder spurlos verschwunden bist, hat die Situation nicht gerade verbessert. Ich...",
Marc schüttelte den Kopf, „...es ist besser, wenn ich mich
jetzt voll und ganz auf mich konzentriere. Neev und Theo
unterstützen mich jeden Tag, meine Schwestern helfen
mir, wo sie können, meine Bandkollegen versuchen mich
aufzubauen, das sind Leute, die konsequent für mich da
waren und auf die ich mich verlassen kann."

„Marc, ich...", Juri holte tief Luft, „ich..."

„Alles Gute noch für dich", Marc schloss die Tür und
es war wieder totenstill im Wohnhaus.

13

Die nächsten Tage verbrachte Juri damit, sein Leben wieder auf die Reihe zu bekommen. Das Haus aufräumen, einkaufen, Zeit mit seinen Kindern verbringen, die Nachrichten seiner StudentInnen lesen und beantworten, Kleidung waschen, bügeln und sortieren und ausreichen essen, trinken und schlafen. Nach fünf Tagen hatte er das Gefühl, sich wieder halbwegs normal zu fühlen. Es gab keine Episoden mit Schlafwandeln, keine merkwürdigen Träume und keine Erinnerungslücken mehr, die ihm auffielen. Also fühlte er sich stark genug, sich dem Rest der Welt zu stellen und als erstes Steege anzurufen.

„Juri, altes Haus", rief dieser und lachte laut, als die Verbindung aufgebaut wurde. „Ich hab schon über ein paar Ecken gehört, dass du wieder unter den Lebenden weilst. Wahnsinn. Ich bin so froh, dich zu sehen."

„Danke", Juri nickte verlegen. „Ich bin auch froh, wieder da zu sein."

„Wo warst du die letzten Wochen?", Steege hob die Augenbrauen. „Es war merkwürdig…", er kratze sich am Kinn. „Zuerst wurde dein Kumpel angeschossen und dann hieß es, dass von dir jede Spur fehlt. Niemand hatte sich zu deinem Verbleib geäußert, weder Mela, noch Maana oder sonst wer. Es war ein Mysterium. Wo warst du?"

„Äh", Juri schüttelte und senkte den Kopf. Das war die Frage, die er am meisten gefürchtet hatte. „Ich… habe einen Schock erlitten und… war nicht ganz bei mir… es hat leider etwas länger gedauert, bis ich wieder auf dem Damm war. Diese ganze Sache hat mich extrem mitgenommen."

„Das verstehe ich voll und ganz", sagte Steege sehr ernst und faltete die Hände vor sich. „Das alles war… extrem. Als ich gehört hatte, dass jemand erschossen wurde, so hieß es zunächst, da hab ich erstmal einen Panikanfall erlitten. Ich konnte es nicht glauben, ich bin rumgerannt und habe mir die Haare rausgerissen, diese Nachrichten haben uns alle bis auf die Knochen erschüttert", er rieb sich die Augen und setzte sich die Brille wieder auf. „Dann hieß es, ein Mitarbeiter der Stadt und dein Freund wäre lebensgefährlich verletzt, würde notoperiert…", Steege schüttelte den Kopf.

Auch Juri spürte, wie seine Atmung sich beschleunigte und die Kleidung ihm zu eng wurde, seine Augen sich mit Tränen füllten.

„Es ging dann alles drunter und drüber", fuhr Steege fort. „Maana hatte eine Pressemitteilung veröffentlicht, der zufolge es wohl die ganze Zeit der Plan war, nicht direkt dich, sondern jemanden, der die nahe stand, einen Denkzettel zu verpassen, um dich nicht als Märtyrer da stehen zu lassen. Frag nicht. Dieser Marc war wohl eine gute Zielscheibe, er war Mitarbeiter der Stadt, also noch ein zusätzlicher Grund, ihn zu attackieren, um Mela eine Botschaft zu senden und er entspricht nicht dem, was Maana an ‚Familienwerten' vertritt", er setzte das Wort in Anführungszeichen, „also waren sie mehr als zufrieden, als die Bilder um die Welt gingen wie Marc blutüberströmt in deinen Armen lag."

„Was?", krächzte Juri und meinte sich verhört zu haben.

„Du hast sie noch nicht gesehen? Sorry, dass ich dir das erzählen muss. Der Attentäter muss sie wohl geschossen haben, das alles ist so derart schmutzig. Wie du mit

Marc am Boden lagst und verzweifelt versucht hast ihn zu retten war für Maana wohl die ultimative Genugtuung, sie haben das echt gefeiert. Ich sage dir das nur, damit du nicht noch einen Schock bekommst, wenn du es siehst. Das einzig Gute ist, dass seitdem wohl die Gefahr wirklich gebannt ist. So eine merkwürdige Geschichte", Steege schüttelte wieder den Kopf.

Juri machte den Mund auf und wollte etwas sagen, aber kein Wort kam heraus.

„Hör mir zu", Steege hielt die Hände vor die Kamera, „wir stehen alle hinter dir. Wir haben uns zu der ganzen Sache nicht offiziell geäußert, weil bis heute noch nicht klar war, was mit dir ist. Ob nicht doch Maana für dein Verschwinden verantwortlich war. Wir waren alle schockiert. Keiner von uns hat an die Theorien geglaubt, laut derer du deinen Freund im Stich gelassen hast und für immer abgehauen bist. Das hielt keiner für möglich."

„Was?", Juri sprang vom Stuhl auf, Wut brodelte in seinen Adern. „Was hast du gesagt?"

„Beruhige dich. Du weißt, welchen Blödsinn die Leute schreiben. Natürlich war es für deine Gegner ein gefundenes Fressen. Dass du dich aus dem Staub machst, wenn es unbequem wirst, so wie deine Flucht nach Mela. Du weißt doch, die ganze Geschichte ist ein Ablenkungsmanöver von Maana, um ihren Krieg zu rechtfertigen und die Fronten weiter zu verhärten. Nimm es nicht persönlich."

Juri lief auf und ab und murmelte „ich kann es nicht fassen" vor sich hin. Er war immer noch wütend, spürte aber auch Scham in sich aufsteigen. Verdammt, er hatte wirklich alles vermasselt. Alle Welt sah ihn als den Feigling, der er war.

„Juri, ich habe einen Vorschlag", unterbracht Steege seine Gedanken. „Lass dich nicht auf diese Provokationen ein, versuche nicht darauf anzuspringen. Stattdessen", er hielt die Luft an.

„Stattdessen was?"

„Konzentriere dich auf das, was du am besten kannst. Auf deine fachliche Scharfsinnigkeit, deine Theorien, deine Ideen. Versuche Stück für Stück deine Position in dem Fach zurückzuerobern, durch Beiträge, Veröffentlichungen, Teilnahme an Diskussionen, falls du dir das zutraust."

Juri schnaubte und schüttelte den Kopf.

„Überlege es dir, okay?"

„Ich… ich bin erledigt. Wer nimmt mich denn jetzt noch ernst? Ich bin doch nur noch eine Witzfigur. Und was soll ich beitragen, wenn Maana jederzeit dieselbe Aktion starten könnten. Meine Kinder und ich haben genug durchgemacht. Ich kann mich nirgends mehr zeigen lassen."

„Doch, das kannst du. Ich kenne dich schon lange. Du bist jetzt erstmal geknickt und willst dich verkriechen, ich kann das verstehen. Aber glaub mir, ich bin dein Freund und gebe dir eine ehrliche Rückmeldung: Die meisten von uns, deine KollegInnen, wir sind beeindruckt von dem, was du durchgemacht hast und wollen deine Stimme wieder hören, jetzt mehr denn je."

Juri ließ sich kraftlos in den Stuhl fallen. „Danke, Steege, danke. Ich weiß das wirklich zu schätzen. Es ist nur… ich muss noch einiges verdauen… mein Freund Marc hat mir erklärt, dass er nichts mehr mit mir zu tun haben will und ich weiß nicht, was ich machen soll. Ich habe das Gefühl das schlechte Gewissen frisst mich auf.

Ich würde so gerne die Zeit zurückdrehen und alles anders machen. Den Scharfschützen überwältigen und Marc erste Hilfe leisten, so wie jeder normale Mensch das machen würde…"

„Moment mal", unterbrach Steege ihn. „Jetzt übertreibe nicht, du kannst nicht von dir selbst erwarten…"

„Doch, genau das kann ich erwarten", rief Juri streng, „das nennt man Zivilcourage, Hilfsbereitschaft, Einstehen für seine Mitmenschen und unsere Werte."

„Er bedeutet dir viel, oder? Es gibt Bilder, auch denen man euch sieht…wie ihr zusammen seid", Steege räusperte sich.

„Was?"

„Kurz bevor es passiert sein muss. Ich wollte es dir nicht sagen, aber jetzt ist alles raus, wirklich, das wars, es gibt nicht noch mehr."

Juri lehnte sich zurück und atmete erschöpft aus.

„Manchmal kann ich verstehen, warum ich unter Tage verschwunden bin", murmelte Juri mehr zu sich selbst, „dort zu sein ist einfacher, als das Leben hier zu navigieren. Wie soll ich das alles… verkraften… gerade biegen… in Ordnung bringen…"

„So wie immer. Stück für Stück, Tag für Tag, nicht alles auf einmal. Mir hilft es, mit den einfacheren Dingen anzufangen und mich langsam vorzuarbeiten. So hat man gleich am Anfang ein Erfolgserlebnis und den notwendigen Schub, um vorwärtszukommen. Und versprich mir, dir selbst nicht zu sehr im Weg zu stehen, okay? Das ist kontraproduktiv."

„Du hast recht, wie immer. Ich muss das alles erstmal setzen lassen und dann versuche ich mich durch das Chaos zu arbeiten."

14

Nachdem das Gespräch beendet war, überlegte Juri, all die Nachrichten durchzulesen, die er in der Zwischenzeit verpasst hatte, um über alle Entwicklungen Bescheid zu wissen. Aber dann verwarf er die Idee, er hatte es heute nicht in sich, sich das alles zu Gemüte zu führen. Und es würde bei seinem Vorhaben, sein Leben wieder auf die Reihe zu bekommen, auch nicht hilfreich sein.

Stattdessen fragte er seine Kinder, ob sie ihn für den Nachmittag noch brauchten, und als diese verneinten, fasste er sich ein Herz und fuhr zum Museum. Dem Ort des Geschehens. Das Quietschen der Tür ließ ihm das Blut in den Adern gefrieren und Juri erstarrte für einen Moment. Doch dann erinnerte er sich, wieder zu atmen und wollte stattdessen seinen Taschencomputer rausholen, um in die Museums-Gruppe zu schreiben, dass die Tür geölt werden sollte. Doch er hatte ja keinen mehr. Das hieß, gleich war noch ein Besuch in der Stadtverwaltung fällig.

Als er die hellen Räume betrat, war fast alles unverändert. Auf dem Boden vor dem Fenster war immer noch der Schimmer eines großen Blutfleckes zu sehen. Die Jalousien waren immer noch verbogen. Juri kniete sich hin und fuhr mit den Fingern die Stelle nach, an der Marc gelegen hatte. Wellen von Emotionen überfluteten ihn. Angst, Wut, Trauer. Da hatte er mal die Gelegenheit gehabt, etwas richtig zu machen, zu zeigen, wie er tickte, und dann war das passiert. Er hatte alles falsch gemacht. Wenn der Schütze doch nur ihn erwischt hätte. Aber der Mann wusste, was er tat und Maana wusste auch, was das für Juri bedeuten würde, das musste man ihnen lassen.

Juri stand wieder auf und ging zu den Regalen rüber. Packte erst langsam ein paar Gegenstände aus, dann immer mehr. Arrangierte sie so, wie er sich in seinem Kopf das Museum vorstellte. Das beruhigte ihn augenblicklich. Kaum hatte er es bemerkt, da fing es schon an zu dämmern. Er musste sich beeilen. Mit schnellen Schritten lief er los und kam völlig außer Atem bei den zentralen Diensten an, stieg die Stufen hoch und schaute durch die Glastür, ob noch jemand in der Abteilung war. In einem Büro war noch das Licht an. Er lief durch den Gang und bog links ab.

„Neev", rief er atemlos, „gut, dass du da bist."

„Juri?", sie drehte sich zu ihm um. Ihre Haare waren streng nach hinten gebunden und sie trug Hemd und Hose. „Wie spät ist es?"

„Ich wollte dich unbedingt noch erwischen. Mein Kompaktcomputer… er ist mir doch abhandengekommen. Könntest du mir einen neuen zukommen lassen?"

„Ja, klar, ich kümmere mich gleich morgen darum, okay?"

„Danke", er lehnte sich an die Tür und knetete seine Hände. „Und danke, dass du mir in den ersten Tagen so geholfen hast."

„Es war schon etwas schräg, als du unsere Sprache nicht mehr gesprochen hast", Neev schaltete den Bürocomputer aus und sammelte ein paar ihrer Sachen ein.

„Ich weiß", Juri verzog sein Gesicht. „Ich hatte das auch noch nicht. Es ist extrem unangenehm, wenn man die Kontrolle über sein Leben verliert."

„Fühlst du dich besser?"

„Viel besser."

Neev löschte das Deckenlicht und schloss das Büro ab. Sie liefen zusammen zum Treppenhaus.

„Weißt du, die Sache mit Marc…", setzte Juri an.

Neev blieb vor den Treppen stehen. „Ich kenne ihn schon seit Jahren und so habe ich ihn noch nie erlebt. Ich mache mir große Sorgen. Wenn man ihn nur oberflächlich kennt, dann denkt man schnell, dass er immer alles abfängt und immer gut drauf ist. Aber er hat auch seine Tiefs und dieses Tief…", sie atmete hörbar ein und aus.

„Mein schlechtes Gewissen erdrückt mich förmlich. Er hat allen Grund sauer auf mich zu sein", erwiderte Juri, „meinst du, es macht Sinn, noch einmal auf ihn zuzugehen oder soll ich ihn einfach in Ruhe lassen?"

„Hmm", Neev setzte sich wieder in Bewegung und sie gingen zusammen die Treppen runter. Als sie unten ankamen, sagte sie: „Ich würde nicht direkt auf ihn zugehen, ich denke er ist zu verletzt und zu angeschlagen, als dass das viel Sinn machen würde. Aber ich habe dennoch das Gefühl, er hat noch nicht ganz abgeschlossen. Er spricht oft über dich. In unterschiedlichen Tönen", Neev zuckte mit den Schultern, „vielleicht wäre ein indirektes Signal aus deiner Richtung etwas, das bei ihm ankommen würde. Und ihm vielleicht helfen würde aus dem tiefen Loch herauszukommen, in das er gefallen ist. Die körperliche Heilung ist das eine, aber wir wissen ja alle, wie schnell das psychische Wohlergehen davon tangiert wird. Ehrlich gesagt, ich war von der ganzen Sache so eingenommen, dass ich mit Theo beschlossen habe, einen psychologischen Notdienst aufzubauen. Das soll ein Pool von Leuten sein, die zu Hilfesuchenden nach Hause kommen und sie auf alle möglichen Arten und Weisen unterstützen, soweit es geht. Wie stehen da noch am Anfang."

„Das ist eine ziemlich gute Idee, wieso gab es das vorher nicht in Mela?", fragte Juri, als sie zusammen auf die Straße traten.

„Hmm, wir haben die Gesprächstherapeuten, die im Notfall zur Verfügung stehen", sie überquerten zusammen die Straße und blieben an einer Kreuzung stehen, an der sich ihre Wege trennen würden. „Aber die machen eigentlich keine Hausbesuche. Und ich glaube, das brauchen wir aber. Wenn die Leute uns reinlassen natürlich. Aber ich hab etwas Erfahrung in dem Bereich, ich habe mir schon Strategien überlegt, wie man besser an diese Menschen rankommen kann."

„Halt mich auf dem Laufenden, wie es damit weitergeht."

„Wenn die Testphase gut läuft, vielleicht bekommen wir eine Finanzierung, mal sehen", Neev lächelte und Theo fand, dass sie im Schein der Straßenlaterne etwas von einer grau-androgynen Verwaltungs-Elfe hatte.

„Danke, dass du mich so unterstützt", seufzte er. „Ich bin so froh, dass wir uns damals in der Bibliothek kennen gelernt haben."

„Geht mir auch so. Und vielleicht konnte ich dir in Bezug auf Marc ein paar Anregungen geben. Ich weiß, das ist keine einfache Situation für euch beide."

„Wir werden sehen."

Sie verabschiedeten sich und machten sich auf ihren jeweiligen Heimweg.

15

„Wir haben dich vermisst", Birte kam strahlend auf ihn zu, ein paar der anderen Bibliotheks-Besucher gaben zustimmende Laute von sich, nachdem er die Räume betreten hatte. „Ja, es ist etwas voller als sonst. Frag mich nicht warum, aber nachdem du verschwunden warst gab es hier einen richtigen Ansturm. Vielleicht haben alle gehofft, dass du aus einem der Bücher springst", sie lächelte.

„Ähm", Juri wusste nicht, was er dazu sagen sollte.

„Wir haben in deiner Abwesenheit versucht so gut wie möglich eine Ordnung zu halten, aber es gibt da natürlich die ein oder andere Frage…", Birte legte ihm den Arm um die Schulter und zog ihn in eine ruhige Ecke. „Ist alles okay bei dir? Dein neues Jackett sieht super aus."

„Danke. Alles gut", nickte Juri. „Und bei dir? Und hier?"

„Es läuft", sie strich mit dem Finger über ein paar Buchrücken. „Wir haben hier tatsächlich einen Ansturm und so viele ausgeliehene Bücher wie noch nie. Vielleicht wird die alte Bibliothek doch noch wiederbelebt", sie zwinkerte ihm zu.

„Sehr gut", Theo atmete aus. „Danke, dass du dich um alles gekümmert hast. Wir müssen uns bald mal in aller Ruhe auf einen Kaffee treffen. Ich muss erst noch alles Mögliche wieder ins Lot bringen… Sag mal", er schaute rechts und links und senkte seine Stimme. „Wir sind ja was Bücher angeht so ziemlich auf einer Wellenlänge…"

„Oh, ich werde nie den Moment vergessen, als du mir erzähltest, dass du die Vogelwelt-Quadrologie gelesen hast", Birte riss die Augen auf und ihre grau-blonden Locken hüpften auf und ab. „Du warst bis dato der einzige, den ich kannte, der die Reihe so verehrte wie ich. In diesem Moment wusste ich, wir sind auf einer Ebene."

„Exakt", flüsterte Juri konspirativ, „und deswegen habe ich eine ungewöhnliche Frage an dich. Wenn du, so rein theoretisch, jemandem sagen wolltest, wie du dich fühlst und es durch ein oder mehrere Bücher tun müsstest, welche Bücher würdest du da wählen?"

„Hmm", sagte sie gedehnt und hielt den Zeigefinger an ihre Lippen, drehte die Augen nach oben. „Erstens: Teil zwei der Vogelwelt-Reihe, zweitens: das Werk über Resonanz von dem einen Philosophen und drittens... die Graphic Novel von Neev."

„Exzellente Wahl. Wahnsinn, du bist die Beste, danke!", er drückte sie fest. „Danke! Ich... ich muss sofort etwas Wichtiges erledigen", er lief los.

Zu Hause angekommen nahm er die drei Bücher aus seinem Bestand, legte sie in eine Stofftasche und nahm ein Blatt Papier.

„Marc, hier sind drei Bücher für dich. Ich will mich nicht aufdrängen, deswegen: wenn du nicht möchtest, dass ich dich kontaktiere, dann sag mir bitte Bescheid, ich hole sie wieder ab. Juri."

Er legte den Zettel dazu und fuhr wieder los, um die Tasche vor Marcs Tür abzustellen.

16

„Willkommen zurück zu unserer ersten Sitzung vor Ort seit… keine Ahnung, Wochen, Monaten?", Juri blickte in die Runde seines Hauptseminars. Alle zehn StudentInnen waren gekommen. „Wir sind etwas auf Abwege geraten durch die ganzen Turbulenzen, das tut mir leid. Deswegen habe ich gedacht…", er machte eine Pause und holte tief Luft, „…dass wir den Plan etwas ändern und die Turbulenzen zu unserem Thema machen. Man muss die Feste feiern, wie sie fallen, nicht?"

Die Gruppe lachte.

„Nein, im Ernst, ist das okay? Es würde konkret bedeuten, dass wir uns mit dem Konflikt beschäftigen, mit den Medien, mit den Reaktionen, mit den Konsequenzen, mit dem wissenschaftlichen Diskurs und so weiter. Seid ihr einverstanden?"

„Ich finde, das ist eine super Idee", sagte Stella und blickte zu den anderen, sie nickten. „Ich habe wie die meisten alles mitverfolgt und es gibt da viele Fragen und viel Material, wenn ich das richtig sehe."

„Danke für die Rückmeldung. Es ist…", Juris Blick schweifte nach draußen, „wie ihr euch denken könnt nicht einfach für mich nach alldem, was passiert ist, aber ich denke tatsächlich, wir können etwas Produktives daraus machen. Für die nächsten Treffen bitte ich euch deshalb, euch auf folgende Themen vorzubereiten, das dient euch auch als Vorbereitung für eure Hausarbeiten", er stand auf und schrieb mit Marker an die Tafel, „Medienanalyse, Diskursanalyse, Reaktion von Mela, Reaktion der anderen WissenschaftlerInnen, Umgang mit psychischen Problemen innerhalb der Medien und innerhalb von Mela,

Konfliktlinien Maana – Mela – Jaku, Umgang mit körperlicher Gewalt. Ihr könnt euch auch dafür zusammentun, macht das wie ihr wollt."

Es entstand eine Diskussion um die Abgrenzung und Bearbeitung der Themen, die Studierenden brachten auch noch andere Vorschläge und Ideen ein und dann war die Sitzung auch schon rum.

„Juri", Stella kam mit Fjodor nach dem Seminar noch zu ihm. „Fjodor und ich hatten noch eine Idee und wollten dich fragen, was du dazu sagst."

„Schießt los."

„Du kannst es auch ablehnen, wirklich, es war nur so ein Gedanke", sie verzog das Gesicht, als wäre ihr etwas unangenehm. „Was denkst du dazu, wenn Fjodor und ich Marc kontaktieren und ihn fragen, ob er für Interviews oder einen anderen Input zur Verfügung stehen würde. Wir würden unsere Hausarbeit als Forschung aufbauen und dabei die Verbindungs- und Resonanzlinien vor Ort nachfahren und einbringen."

Juri war zunächst vor den Kopf gestoßen.

„Wenn es zu viel ist...", wandte Fjodor ein.

„Nein...", Juri legte seine Brille ab und kratzte sich am Kinn. „Das ist geradezu eine geniale Idee. Aber bitte fragt ihn vorher sehr vorsichtig, bei der leisesten Abwehr möchte ich nicht, dass er belästigt wird."

„Natürlich nicht", entrüstete sich Fjodor.

„Ich möchte auch nicht, dass es so aussieht, dass ich euch geschickt hätte", er verzog das Gesicht, „wobei natürlich transparent kommuniziert werden muss, dass es im Rahmen meines Seminars stattfindet und die Ergebnisse eventuell veröffentlicht werden."

„Das ists selbstverständlicher Teil unserer Forscher-ehre", Stella stützte ihre Hand in die Hüfte.

„Wunderbar", Juri klatschte in die Hände und sie verabschiedeten sich.

Danach eilte er, weil nur noch wenig Zeit bis zum Abend blieb, ins Museum, welches unweit der Universität lag, und stellte mit ein paar letzten Handgriffen alles so fertig, wie er es sich vorgestellt hatte. An der Stelle, an der sich das Drama abgespielt hatte, hatte er am Boden die Silhouette eines Körpers mit Kreide nachgezeichnet und ein paar Schlagzeilen ausgedruckt und in eine Infotafel daneben gestellt. Er hatte auch überlegt die Blutlache künstlich nachzubilden, hatte sich aber schlussendlich dagegen entschieden, weil es zu reißerisch wirkte.

Mit seinem neuen Taschencomputer, dem Neev ihm besorgt hatte und der nur durch die Zentrale der Stadt zu bekommen war und personalisiert war, schoss er ein paar Fotos von der Installation und schrieb: „Marc, ich hatte die Idee, in dem Museum diese Stelle einzurichten, um das Attentat in die Ausstellung zu integrieren. Falls du damit nicht einverstanden bist, melde dich bitte bei mir. Juri."

Es waren ein paar Tage vergangen seit Juri ihm die Bücher hingestellt hatte und er hatte seitdem nichts von Marc gehört. Optimistischerweise wertete er dies als schweigende Zustimmung, auch wenn sein Nicht-Melden auch als etwas ganz anderes interpretiert werden konnte. Juri versuchte nicht so viel darüber nachzudenken.

„Juri, heute war Marcs erster Arbeitstag seit… keine Ahnung, zwei Monaten?", schrieb ihm Neev. „Wir haben uns alle sehr darüber gefreut, es geht ihm schon besser, aber er ist noch nicht ganz auf dem Damm. Ich wollte es dir erzählen, weil ich mich so sehr darüber gefreut habe. Ich würde vorschlagen, dass du demnächst in unsere Teamsitzung kommst. Wir sollten über eine Eröffnung des Museums sprechen, jetzt, da alles fertig gestellt ist. Ich schicke dir ein paar Termine und du sagst mir, wann es bei dir passt. Neev."

Juris Herz hämmerte in seiner Brust, als er das Verwaltungsgebäude betrat und die Stufen hochstieg. Wie würde das Treffen laufen? Wie würde das Projekt des Museums abgeschlossen werden? Wie würde Marc auf ihn reagieren? Juri konnte kaum glauben, dass das Museum eröffnet werden sollte. Es schien ihm Lichtjahre her, dass sie zusammen die neuen Räume angeschaut hatten.

Vor der Glastür stehend kam ihm der Gedanke, dass so viele Orte in Mela mit vielen verschiedenen Bedeutungen und Erinnerungen belegt waren, sie schichteten sich übereinander wie ein Palimpsest. Auch diese Glastür trug Spuren von Angst, Hoffnung, Freude und Unsicherheit an sich und das machte sie so vielschichtig und mehrdimensional. Ein weiterer wichtiger Anhaltspunkt für seine Forschung.

Juri öffnete dieses bedeutungsvolle Artefakt, trat hindurch und suchte Neevs Büro. Es waren schon alle da und saßen um ihren Schreibtisch herum. Neev, Kora, Serg, Ben und schließlich Marc. Er hatte ein dunkelblaues T-Shirt und Jeans an, wirkte etwas blass und schaute Juri mit einem neutralen Gesichtsausdruck an.

„Hallo zusammen", begrüßte Juri die Runde und setzte sich auf einen freien Stuhl.

„Juri, super, dass es geklappt hat", Neev saß an ihrem Schreibtisch und lächelte ihn an. Er hatte sie fast nicht wiedererkannt, da sie ihre Haare offen trug und ein enganliegendes Kleid, welches ihre jungenhafte Statur hervorhob, anhatte.

„Lass uns am besten gleich loslegen", Juri fand, ihre Stimme klang etwas nervös, „ich habe ein paar Punkte vorbereitet", sie klickte auf ihrem Computer herum, „die wir unbedingt besprechen müssen. Eröffnung, Art der Eröffnung, Datum der Eröffnung, Betreuung des Museums, Öffnungszeiten, Beiprogramm, Pressemitteilungen, Dokumentation."

„In sechs Wochen fangen die Sommerferien an", stieg Kora gleich ein, „ich würde die ganze Aktion gerne vorher abhandeln, dann haben wir die ganze Aufmerksamkeit der Stadt und es geht nicht so unter."

Zustimmendes Gemurmel.

„Dann mache ich ein paar Terminvorschläge in der Gruppe", fuhr sie fort und Juri nickte.

„Wir sollten ein paar KünstlerInnen der Stadt einladen, die bei der Eröffnung etwas beitragen können", schlug Neev vor und klickte mit dem Kugelschreiber. „Musik, Theater, Tanz, sowas. Dann ist es etwas Lebendiges und die Stadt ist irgendwie repräsentiert, das wäre mir wichtig."

„Du hast recht, es sollte bloß nicht langweilig werden", pflichtete Ben ihr bei.

„Ich mache euch ein paar Vorschläge, dann können wir überlegen, in welche Richtung es gehen sollte", Neev machte sich ein paar Notizen.

„Ich schreibe die Pressemitteilungen und kümmere mich um die Dokumentation", bot Ben an. „Sollen wir…", seine Stimme stockte und er blickte von rechts nach links, „die ganze Geschichte mit dem Scharfschützen als Aufhänger nehmen, um noch mehr Aufmerksamkeit zu generieren oder wäre das pietätslos?"

Marc räusperte sich. „Ich wäre damit einverstanden. Es ist passiert was passiert ist, wir müssen uns nicht verstecken und Mela braucht die internationale Aufmerksamkeit, um unsere Produkte und Dienstleistungen vermarkten zu können. Also nutzen wir die Gelegenheit."

Er schaute zu Juri rüber.

„Ich bin ebenfalls damit einverstanden. Ich sehe es wie Marc. Das Ganze ist unabwendbar Teil der Geschichte von Mela und ich bin froh, wenn offen mit dem Thema umgegangen wird", sagte Juri und merkte, wie eine Last von ihm abfiel.

„Was die Öffnungszeiten und die Betreuung des Museums angeht", fuhr Marc fort, „so hat das Plenum beschlossen, keine personellen Kapazitäten dafür zur Verfügung zu stellen. Wegen des allgemeinen Personalmangels in der Infrastruktur der Stadt wird es nicht als notwendig erachtet, dafür jemanden abzustellen", erschlug die Beine übereinander und fuhr im neutralen Tonfall fort. „Das bedeutet faktisch, das Museum ist jeden Tag für die Öffentlichkeit zugänglich ohne eine Leitung oder ähnliches."

„Ob das gut geht?", hakte Kora nach. „Was ist, wenn dieses sorgsam hergerichtete Projekt Schaden nimmt?"

„Du weißt, wie es ist. Vieles in Mela muss auf Vertrauensbasis laufen", steuerte Ben bei.

„Wenn es Bedarf für einzelne Aktionen gibt", fuhr Marc fort, „können wir immer noch Gelder für Führungen von SchülerInnen oder für andere Gruppen beantragen. Oder für Reparatur und ähnliches."

„Besser als nichts", gab Serg von sich.

Sie diskutierten noch ein paar Details und schlossen die Runde mit der Absprache, den Rest über das Nachrichtenprogramm zu regeln. Juri stand auf, verabschiedete sich und verließ den Trakt. Als er im Treppenhaus nach unten lief dachte er über Marc nach. Er hatte sich gefreut, ihn zu sehen, wusste aber nicht, ob das auf Gegenseitigkeit beruhte.

18

„Wir sind dabei, etwas auf die Beine zu stellen, um die Ereignisse zu würdigen und zu verarbeiten", schrieb Steege.

„Was habt ihr vor? Und wer ist da noch beteiligt?", erwiderte Juri.

„Na, Kolja, ich und ein paar andere. Okay, versprich mir, dass du nicht gleich ausrastest."

„Du kennst mich, ich raste nicht aus."

„Stimmt. Also wir denken eine Tagung wäre angemessen. Natürlich viel kleiner, mit ein paar Dutzend Leuten oder so. Wo wir nochmal zusammen kommen, um über die Ereignisse zu sprechen."

„Ich weiß nicht. Ich bin eigentlich gerade dabei, das alles hinter mir zu lassen. Mein Museum wird bald neu eröffnet und es ist alles so ruhig. Ich will keine neue Aufregung und es ist mir unangenehm dauernd über die Vorfälle zu sprechen, erst recht im Rahmen einer öffentlichen Veranstaltung."

„Mit deinen StudentInnen bearbeitet ihr doch auch diese Themen, hast du erzählt."

„Ja, das ist alles in einem übersichtlichen Rahmen. Da werden am Ende ein paar Hausarbeiten, maximal ein Artikel geschrieben und das wars."

„Hmm, weißt du… Ich will nicht, dass das für unsere Forschungsgemeinschaft in der Versenkung verschwindet, so folgenlos. Als wäre nichts gewesen. Wie würdest du darüber denken, wenn es mir zugestoßen wäre?"

Juri legte seinen Taschencomputer beiseite und überlegte.

„Okay."

„Ich dachte wir stellen das ganze unter einen unverfänglichen Titel, weißt du? Also nicht sowas wie ‚Warum Maana scheiße ist und grundlos unschuldige Wissenschaftler angreift'. Ich dachte, das wäre dir wahrscheinlich nicht so recht. Also, Alternativvorschlag, das ist aber nur ein Arbeitstitel: Aktuelle Kontroversen in den Gesellschaftswissenschaften. Da kann man dann alles und nichts reinpacken."

„Klingt gut. Danke. Es ehrt mich. Ich bin froh, euch zu haben. Und hoffentlich war es das einzige Mal, dass jemand versucht, mich umzubringen."

„Das hoffe ich auch. Ich schicke dir den Termin dafür. Wir hatten nicht viel Spielraum, ich habe mich mit den anderen bereits abgestimmt. Halte dir das Wochenende frei."

„Alles klar. Bin gespannt mehr zu hören."

19

„Ich habe gestern mit meinem Kollegen korrespondiert", erzählte Juri am nächsten Tag in der Besprechung mit Stella und Fjodor. „Er will so eine Art Tagung auf die Beine stellen", Juri machte eine unbestimmte Handbewegung. „Ich fände es gut, wenn ihr eure Ergebnisse dort vorstellen könntet. Und später kann man vielleicht noch einen Artikel daraus machen oder so."

„Das wäre total klasse", Stella richtete sich in ihrem Stuhl auf und war ganz Ohr.

„Das Ganze wird schon in ein paar Wochen stattfinden. Wie weit seid ihr denn mit den Forschungen und so weiter?"

„Wir haben die Interviews jetzt abgeschlossen", referierte Fjodor. „Marc hat sich sehr viel Zeit genommen, es war ein angenehmes Zusammenarbeiten. Aus dem, was er gesagt hat lässt sich sehr viel rausholen."

„Oh", sagte Juri bloß.

„Ich verstehe, ihr habt ein schwieriges Verhältnis zueinander", bemerkte Stella.

„Das tut nichts zur Sache", Juri rollte die Augen.

„Natürlich nicht, wir sind da sehr professionell", räusperte sich Stella und schaute zu Fjodor rüber. „Ich denke nur, er hat mit sehr viel Hingabe über dich gesprochen, das ist mir aufgefallen."

„Hat er das?", Juri wusste nicht, wo er hinschauen sollte.

„Oh ja", Fjodor nickte.

„Wunderbar. Also weiter im Text. Schickt mir diese Woche noch einen Entwurf eures Vortrags, okay?"

„Wird erledigt", sagte Stella und sie standen beide auf und verließen sein Büro.

Als sie weg waren dachte Juri immer noch über ihre Worte nach. Sollte er Marc anrufen oder zu ihm gehen und an seiner Tür klopfen? Nein, Marc hatte ihm ganz klar gesagt, dass er in Ruhe gelassen werden wollte und Juri wollte sich das nicht noch einmal sagen lassen, das wäre demütigend. Vergessen konnte er ihn aber auch nicht. Es war, als ob noch so viel Ungeklärtes zwischen ihnen lag. Ihr letztes richtiges Gespräch hatten sie kurz vor den Schüssen, das war vor Monaten.

Juri schüttelte den Kopf. Vielleicht brauchte Marc mehr Zeit. Für was auch immer. Juri wollte sich auf jeden Fall auf die Museumseröffnung, sein Semester und die Tagung konzentrieren, das war wichtig. Und danach war Sommerpause, das war das Beste, diese Ruhepause brauchte er dringend.

Aber bis dahin war noch einiges zu erledigen. Juri packte seine Sachen zusammen und eilte nach Hause, um heute mal früher dort zu sein. Als er die Haustür aufschloss kam ihm ein Geruch von Kuchen entgegen. Er zog seine Schuhe aus, legte seine Tasche ab und ging durch in die Küche.

„Oh, du bist am Backen?", fragte er Lea und schaute in die Rührschüssel.

„Hmm", murmelte sie, ganz auf den Teig vor ihr konzentriert. „Wusstest du schon, dass die ersten Blaubeeren schon reif sind? Nach der Schule haben wir welche gesammelt und ich dachte, ich mache Muffins."

„Ihr wart in den Wäldern?"

„Hmm. Es war Nadjas Idee, sie sagte, sie kennt das aus ihrer Heimat."

„Oh ja, ich kann mich auch noch gut erinnern. Ich liebe Blaubeeren."

„Für uns bleibt aber nicht viel übrig", Lea füllte die Masse in kleine Förmchen.

„Warum?"

„Ich werde gleich losziehen und sie bei meinen FreundInnen vorbeibringen. Nadja muss unbedingt welche abbekommen. Und wenn ich schon dabei bin, ich wollte bei Marc einen absetzen."

„Marc?", Juri konnte nicht glauben, wie sehr ihn dieser Name verfolgte. An jeder Ecke schien Marc das Thema zu sein. „Wie kommst du darauf?"

„Als Dank dafür, dass er mir letztes Mal beim Lernen geholfen hat", sagte Lea ungerührt und schob das Blech in den Ofen.

„Das ist schon Monate her."

„Na und?", Lea wusch sich die Hände und trocknete sie in aller Seelenruhe ab. Für Küche aufräumen blieb natürlich wie immer keine Zeit. „Es war sehr nett mit ihm und er hat etwas Schlimmes mitgemacht und verdient zu wissen, dass wir an ihn denken und ihn unterstützen."

„Ich habe auch etwas Schlimmes mitgemacht und mir hast du keine Muffins gebacken", warf Juri ein und bemühte sich, nicht zu vorwurfsvoll zu klingen. Es ging ihm einfach um die Logik.

Lea blieb stehen, stützte ihre Hand in die Hüfte und schaute ihn mit einem Blick an wie „das zählt aber nicht".

„Ja, was?", fragte Juri.

„Du bist mein Vater und für mich zuständig und Marc ist ein Freund der Familie und überhaupt für niemanden zuständig und du hast uns und ihn im Stich gelassen, findest du nicht? Du müsstest für uns alle mindestens drei Kuchen backen, wenn du das könntest", waren ihre letzten Worte und sie marschierte in ihr Zimmer und schlug die Tür zu.

Juri blieb mit offenem Mund stehen und schaute ihr hinterher. Darüber müssten sie später noch einmal reden. Er wusste schon, was sie meinte, aber es war keine Absicht gewesen und er hoffte, dass er den Vertrauensverlust wieder gut machen konnte. Er müsste wahrscheinlich noch mehr daran arbeiten.

Mit diesen Gedanken lief Juri hoch in sein Zimmer, ließ sich rücklings auf das Bett fallen und starrte an die Decke. Die letzten Tage hatte er unglaublich viel genetzwerkt, organisiert, abgesprochen, verhandelt und kommuniziert. Er fühlte sich gerade sehr leer und erschöpft. Und mit einem Mal kamen Gedanken und Gefühle in ihm hoch, sie kribbelten in seinen Armen und Beinen. Unsicherheiten, Ängste, Abwägungen.

Er hörte, wie kurze Zeit später Lea wieder in der Küche rumorte und das Haus verließ. Wenn sie wiederkam, wollte er mit ihr sprechen. Heute hatte er Zeit dafür. Nachdem sie zusammen für die Schule gelernt hatten, falls das überhaupt notwendig war. Vielleicht kam auch Petr später nach Hause, dann könnten sie etwas Zeit zusammen verbringen.

Aber jetzt war er allein, das war auch ein angenehmes Gefühl. Er schlurfte nach unten und schälte schon mal Kartoffeln für das Abendessen, dann ging es später schneller. Währenddessen glitt sein Blick durch das Küchenfenster in den Garten und zur Gartentür, die zu einer anderen Straße führte.

Was, wenn die Tagung genauso eskalierte wie die Konferenz, fragte er sich. Steege und die anderen achteten zwar darauf, dass es keinen Grund für Ärger gab, aber konnte man das im Vorfeld wirklich alles so genau wissen? Was, wenn wieder etwas passierte. Diesmal etwas anderes, aber genauso Dramatisches. Wenn man wollte, konnte man überall, bei der Museumseröffnung, bei seinem Seminar, bei der Tagung Anlässe finden, um ihn wieder ins offene Messer laufen zu lassen.

Juri legte die Kartoffeln in einen Topf, füllte ihn mit Wasser und stellte ihn auf den Herd, ohne ihn anzumachen. Dann räumte er das Chaos von Lea auf.

Es konnte einfach keine Garantie für einen reibungslosen Ablauf geben, überlegte er. Aber noch einen Fehltritt würde ihm niemand verzeihen. War er sich sicher, dass er nicht wieder flüchten würde, wenn es brenzlich wurde? Juri rieb sich die Stirn. Das Problem war, dass, sobald er zu der Überzeugung kam, dass eine ausweglose Situation vorlag, er innerlich und äußerlich die Flucht ergriff.

Er konnte sich sehen, wie er als Junge durch die schier endlosen Gänge seiner Schule rannte. Das waren riesige Institutionen mit hunderten von Türen, Stockwerken, Fluren, Treppenhäusern. Jedenfalls war ihm das damals so vorgekommen. Vielleicht war er ungefähr in Lea Alter als es anfing, dass er sich gegen seine Schulkameraden zur Wehr setzten musste. Weil er sich nicht alles gefallen ließ und verbal verteidigte, wenn man ihn bloßstellte. Wegen seiner altklugen Art, seines penetranten Anderssein-Wollens, wegen seines Desinteresses an Mädchen, wegen seinem Infrage-Stellen der gesellschaftlichen Strukturen. Zu spät hatte er gemerkt, dass das ein gefundenes Fressen für manche SchülerInnen war und es den LehrerInnen gerade recht kam, da sie ebenfalls keine Querulanten duldeten.

An der Universität besserte sich die Situation nur minimal. Er hatte Probleme, Anschlüsse zu finden, weil alles und jeder in Biederkeit und Frömmigkeit ertrank. Auch da hielt er es oft nicht aus und irrte in den langen Gängen und Fluren der stadt-großen Hochschule, um seinen Frust und Ärger abzureagieren. Kein Wunder, dass er auf diesen manischen Streifzügen gegen Ilja gestoßen war und sie danach nicht mehr auseinander gingen. Zusammen fassten sie den Entschluss, diesem Trübsinn zu entfliehen, es war ihr gemeinsamer Traum, ihre Vision von einem besseren Leben. Auch wenn Ilja längst nicht so aufmüpfig war. Er ließ alles über sich ergehen und lächelte höflich dazu, er meinte immer, das wäre die bessere Strategie. Vielleicht hatte er recht gehabt. Wenn Juri bei der Konferenz die Klappe gehalten hätte, wären so viele schreckliche Dinge nicht passiert...

Als die Tür ins Schloss fiel, schreckte Juri auf und ließ ein Messer laut klappernd in das Spülbecken fallen.

„Juri", rief Lea aus dem Flur. „Ich habe Marc mitgebracht, er hat sich bereit erklärt, für meine Arbeit morgen zu lernen, okay?"

Es war eine Frage, aber Juri merkte an den Ton, dass alles schon klar war. An den Schritten merkte er, dass sie ins Wohnzimmer liefen. Juri ging auch dorthin und stellte sich in den Türrahmen.

„Hi", sagte er und schaute Marc an.

„Hi", erwiderte dieser und es gab weder ein Lächeln, noch einen verärgerten Gesichtsausdruck. „Ich hoffe, das ist okay für dich."

„Klar", Juri drehte sich um und räumte die Küche fertig auf.

Nichts war okay. Es begann ihn langsam in den Wahnsinn zu treiben, dass Marc permanent in seinem Orbit, aber nicht zu fassen war. Später lief er nach oben und setzte sich an seinen Schreibtisch. Versuchte seine nächste Seminarsitzung vorzubereiten, während die zwei da unten lachten, sich stritten, mit Gläsern klapperten, Stühle rückten und noch mehr.

Juri gab die Vorbereitung auf. Dieser Tag konnte als komplett unproduktiv abgehakt werden. Als er später runterging, um die Kartoffeln zu kochen, verschwand Marc gerade aus der Tür. Und weg war er.

Morgen, so nahm er sich fest vor, morgen würde er ihn ansprechen, egal was. Aber daraus wurde nichts. Denn am frühen Morgen bekam er eine Nachricht von Sonja, Marcs Schwester, die ihn darüber informierte, dass er und sie sich um vier Uhr nachmittags im Stadtpark treffen würden. Juri seufzte und sagte zu.

20

Der Park war groß, aber Juri glaubte, sie gleich erkannt zu haben. Sonja war eine große Frau mit langen dunklen Haaren, einem weiten dunkelblauen Blumenkleid, das in alle Richtungen flatterte und einer halbwegs lauten Stimme und vielen großen Gesten. Sie war nicht zu übersehen. Als Juri vorsichtig an sie herantrat – es könnte sich ja doch um jemand anderes handeln – war Sonja gerade dabei mit einem der drei Kinder zu reden, die in der Nähe spielten. Kurz bevor er sie ansprechen wollte, kam eine weitere Frau von der Seite an ihn heran und wirbelte ihn mit sich zu Sonja.

„Ich bin Tilda, Marcs jüngere Schwester", sagte sie und lachte dazu. „Und das ist Sonja, Marcs ältere Schwester", sie zeigte auf die erste Frau mit dem Kleid.

Aber eigentlich trugen sie beide Kleider und überforderten Juri massiv mit ihrem Auftreten und ihrer Anwesenheit. Aber was blieb ihm anderes übrig, er musste sich da wohl reinfallen lassen.

„Juri, danke, dass du gekommen bist", sagte Sonja jetzt etwas ernsthafter und zeigte auf Tilda, „ihr kennt euch schon. Und dass da hinten sind meine drei und ihre zwei Kids, Marcs Nichten und Neffen."

Juri schaute zu einer Gruppe von Kindern, die zwischen zwölf und zwei Jahren alt waren und zusammen ein Spiel spielten, bei dem man Holzklötze werfen musste.

„Es tut mir leid, dass wir uns so unkonventionell kennen lernen, aber ich dachte, das wäre immer noch besser, als sich Nachrichten zu schreiben", fuhr Sonja fort.

„Okay", sagte Juri und setzte sich auf die Parkbank, von der man das Treiben im Park sehr gut beobachten konnte. Es waren bei diesem sommerlichen Wetter insgesamt sehr viele Leute unterwegs.

„Marc hat uns alles erzählt", Tilda stellte sich in sein Sichtfeld. Sie trug ein knielanges grünes Kleid aus Leinen. „Nicht unbedingt freiwillig, aber er hat keine andere Wahl, wir bekommen alles aus ihm heraus. Wer soll ihn sonst vor den Vollidioten dieser Welt beschützen?", sie hob eine Augenbraue und schaute ihn bedeutungsvoll an.

„Ich bin kein…", versuchte es Juri, wurde aber unterbrochen.

„Wir wollten dir heute gehörig ins Gewissen reden, also pass besser auf", informierte ihn Sonja. „Wie es aussieht will Marc dir noch eine Chance geben", sie beugte sich zu ihm vor, „ich habe keine Ahnung, warum, aber sei es drum", sie schwang ihre Haare nach hinten. „Und da haben Tilda und ich beschlossen, dass wir dir auf den Zahn fühlen wollen. Und glaub mir, wenn du den Test nicht bestehst… wir haben eine bessere Präzision als dieser angebliche ,Scharfschütze'", sie setzte das Wort in Anführungszeichen. „Okay, war der Scherz zu böse?"

„Nein", befand Tilda.

Juri hob die Augenbrauen und schaute zwischen den beiden hin und her.

„Also, folgendes", Sonja schlug einen versöhnlicheren Tonfall an. „Es wäre uns lieber gewesen, wir hätten uns in einem normalen Rahmen kennen gelernt. Aber so ist es nun mal, besondere Umstände erfordern besondere Maßnahmen. Es ist nicht so, dass wir uns jemals aktiv in das Leben von Marc einmischen würden. Er ist ein erwachsener Mann, der das alles selbst auf die Reihe bekommt. Aber seit der Schussverletzung und der langen Rehabilitation…"

„… er ist anders, hat sich sehr stark zurückgezogen", führte Tilda den Gedanken weiter aus. „Nicht, dass man sich von uns zurückziehen kann", sie lachte, „aber du weißt, was ich meine. Wir haben das Gefühl, er hat den Vertrauensbruch durch dich nicht verkraftet."

„Ich wollte ihn nicht zurücklassen, es ist schwierig zu erklären…", warf Juri ein.

„Das ist irrelevant", wischte Sonja seine Bemerkung ab. „Ich fände es viel interessanter zu hören, ob du deinen ersten Ehemann um die Ecke gebracht hast."

„Wie bitte?"

„Naja, es ist ja schon etwas merkwürdig, dass er so früh gestorben ist", Tilda stand ihm direkt gegenüber, verschränkte die Arme und hob eine Augenbraue.

„Er ist an einer Krebserkrankung gestorben, es gibt da bestimmt noch eine Krankenakte irgendwo."

„Und du warst seitdem nicht in einer Partnerschaft?", setzte Tilda ihre Befragung fort.

„Wieso ist das relevant?", entrüstete sich Juri.

„Wir wollen ausschließen, dass du ein Psychopath bist, sondern nur ganz normal psychisch krank wie alle anderen auch", Sonja tätschelte ihm den Arm.

Juri schnaubte. Dann schweifte sein Blick in die Ferne. „Die ersten Jahre war ich mit Überleben beschäftigt. Die Arbeit, zwei kleine Kinder, Trauer und eine neue Stadt, ich war nonstop unter Strom. Irgendwann habe ich mir schon einen neuen Partner gewünscht, aber… ich habe schon immer das Gefühl gehabt, in der Hinsicht nicht gut genug zu sein und zu lange zu brauchen, um jemanden kennen zu lernen, das ist für die meisten Leute abschreckend. Auch bei Marc habe ich zu lange gezögert, um aus mir rauszugehen, das tut mir leid."

„Das ist okay", sagte Sonja im ungewohnt normalen Tonfall. „Hauptsache du bist kein eingebildeter Freak, dem niemand etwas recht machen kann. Du glaubst nicht, was wir da schon gesehen haben."

„Kannst du dich noch an Keno erinnern?", Tilda schaute zu Sonja. „Schon dieser Name war bescheuert, wenn du mich fragst. Zum Glück hat er später die Stadt verlassen, er war so ein Selbstdarsteller, es war nicht auszuhalten."

„Ich habe Marc gleich beim ersten Treffen gesagt, dass das nichts wird mit ihm. Danach hat er uns nie mehr jemandem vorgestellt", lachte Sonja. „Deswegen müssen wir selbst aktiv werden. Wir haben Marc übrigens über dieses Treffen informiert, er hatte nichts dagegen. Er weiß, dass wir sonst keine Ruhe geben", sie lachten beide.

„Da vorne ist er übrigens", Tilda trat zur Seite und Juri sah, dass etwas von ihnen entfernt sich eine Gruppe versammelte, die so aussah, als würden sie da Dehn- und Bewegungsübungen machen. Marc trat dazu und nahm kurz Augenkontakt mit Juri auf, blickte dann weg.

„Huhu, Marc", Tilda winkte wild, sodass die ganze Gruppe auf sie aufmerksam wurde und sich nach ihr umdrehte, Marc lächelte.

„Also, wo waren wir?", Sonja schlug die Beine übereinander und spitzte den Mund. „Ich denke, wir sollten darüber sprechen, was passieren würde, falls Marc und du wieder zusammen wärt."

„Hm?", Juri schaute verwirrt.

„Was sind deine Zukunftspläne, wie stellst du dir euer Zusammensein vor?", präzisierte Tilda.

„Das würden wir zusammen aushandeln, ich weiß doch gar nicht…"

„Wir wissen aber", Sonja grinste ihn wieder mit ihrem unwiderstehlichen und alles einnehmenden Lächeln an. „Könntest du dir vorstellen, dass Marc bei dir einzieht? Ich frage deshalb, weil zu ihm zu ziehen wegen der Kinder wohl unpraktisch wäre. Und so ein hin- und herpendeln ist am Anfang ja ganz nett, aber man muss ja Nägeln mit Köpfen machen."

„Wir finden nämlich, dass Marc zu einsam lebt. Würde er natürlich nicht zugeben, aber es ist ziemlich klar", ergänzte Tilda und sie schauten alle zusammen, wie die Bewegungsgruppe und Marc ihre Arme nach oben streckten.

„Ich würde mich freuen, wenn Marc bei mir einziehen würde", Juri schluckte schwer, als Marcs T-Shirt nach oben rutschte, „wenn er sich das mit den Kindern vorstellen kann."

„Kann er. Er wollte, glaub ich, nie selbst welche haben, aber seine Nichten und Neffen und deine Kids findet er super", Tilda lächelte selig.

„Weißt du, Juri", Sonja rückte näher an ihn heran und Tilda setzte sich an seine andere Seite, „wir kommen vielleicht etwas übertrieben rüber und sind vielleicht etwas übergriffig…"

„… und es wäre bestimmt einfacher wenn wir uns bei einem Familienessen kennen gelernt hätten", übernahm Tilda, „und bei einigem, was hier besprochen wurde, würde Marc uns bestimmt den Kopf abreißen, aber ich denke, es ist nicht schlecht, wenn wir dich auf die richtige Spur bringen."

„Und die wäre?", Juri blickte von rechts nach links.

„Sag du es uns, wie stellst du dir das weitere Vorgehen vor?", fragte Sonja.

Juri holte tief Luft. „Ich gehe zu ihm, wir sprechen uns aus, er zieht bei mir ein, wir heiraten und werden zusammen alt."

„Nein", Sonja schüttelte den Kopf.

„Du wartest schön brav darauf, dass Marc auf dich zugeht", erklärte ihm Tilda. „Glaub uns, er braucht noch die Zeit. Er ist in einer Abwägungsphase, er beobachtet und lässt sich Zeit mit allem. Was wir gut finden. Er ist sonst immer der Macher und will alles in die Hand nehmen, hält es nicht aus, wenn etwas vor sich hin plätschert. Als du Hausarrest hattest, hat er manisch nach dir gesucht. Deswegen ist es gut, dass er mal aus diesen Rollen herausbricht."

„Und damit er weiß, dass er dir immer noch sehr viel bedeutet, gehst du jetzt da hin und machst etwas Sport", Sonja klopfte ihm auf die Schulter.

„Ich mache keinen Sport", Juri lachte, „ich renne den ganzen Tag durch die Stadt, das ist mein Sport."

„Oh doch, das wird gut für dich sein", flüsterte Tilda in sein Ohr.

„Ich habe keine Sportkleidung an, in meinem Hemd…", versuchte er es.

„Schau, gegenüber von Marc ist eine Lücke frei, da kannst du dich hinstellen", Sonja umfasste seinen Oberarm und führte ihn in die Richtung.

„Ach, verdammt", murmelte Juri und lief den Rest allein. Stellte sich Marc gegenüber, zog sein Jackett aus und rollte die Hemdsärmel ein Stück hoch. Ihm blieb wohl nichts erspart.

In der folgenden Nacht schlief Juri so ruhig und tief wie schon lange nicht mehr. Die langsamen, aber kraftvollen

Bewegungsabläufe hatten eine beruhigende Wirkung gehabt, das hatte er schon gespürt, als er danach nicht wie sonst nach Hause gehetzt war, sondern mit einer ihm sonst fremden Sanftmut dahingeschritten war.

Oder war es die Anwesenheit von Marc gewesen, der ihn immer wieder mit einem schwer zu deutenden Blick angeschaut hatte? Es hatte den Ansatz einer Nähe zwischen ihnen beiden gegeben, die Juri schon lange vermisste und sich danach sehnte, mehr daraus werden zu lassen.

Oder war es das skurrile Gespräch mit Sonja und Tilda gewesen, dessen Fragmente auch noch am nächsten Tag in seinem Kopf herumwaberten. Es war angenehm gewesen, die beiden kennen zu lernen. Seine eigenen Geschwister waren ihm schon immer fremd gewesen und er hatte bereits seit er den Kinderschuhen entwachsen war keinen Kontakt mehr zu ihnen gehabt. Sobald er entdeckt hatte, dass die Welt, in der er lebte – und dazu gehörte auch seine Familie – voller falscher Frömmigkeit, aufgezwungener Autorität, starrer Werte und Abneigung gegen alles Ungewöhnliche und Fremde war, hatte er sich auch von seiner Familie abgewandt. Es war ihm nicht schwer gefallen, denn sie hatten keine Nähe zueinander. Mit vierzehn sprach er bis auf das Nötigste nicht mehr mit seinen Eltern und Geschwistern, mit achtzehn war er ausgezogen und lebte allein.

Von daher fand er, dass aus Sonjas und Tildas Art und Weise, sich mit ihm bekannt zu machen, auch Sorge für andere und eine familiäre Nähe sprach, bei der Grenzüberschreitungen und Übergriffigkeit sicher nicht völlig zu vermeiden waren. Er fühlte sich mit den beiden nach dem Gespräch mehr verbunden als jemals mit seiner Kernfamilie.

Auch in der Woche drauf ging Juri zu dem Treffen der Bewegungsgruppe und zog sich diesmal sogar ein T-Shirt und eine flexiblere Hose an, auch wenn er sich mit dem Outfit ungewohnt leger fühlte. Aber das Zusammensein mit den anderen und die Bewegung tat gut. Besonders jetzt, da die Eröffnung des Museums und die Tagung immer näher rückten.

21

Juri schlug die Augen auf und merkte sofort, wie die Aufregung in ihm durch die Nervenbahnen in alle seine Zellen transportiert wurde. Dabei war es noch nicht einmal so weit. Heute, Montagnachmittag, war erstmal die letzte Vorlesung für dieses Semester, am Mittwoch die Eröffnung des Museums und am Freitag der Tagungsbeginn. Steege hatte ihm zwar den Ablaufplan geschickt, aber noch keine Zugangsdaten. Für das Museum hatte er gar kein Programm, obwohl da etwas auf die Beine gestellt wurde. In der Gruppe wurde zumindest noch nichts geteilt. Juri atmete tief durch und nahm sich fest vor, sich nicht zu viel mit Details zu beschäftigen, denn er hatte diese Veranstaltungen nicht federführend, nur unterstützend organisiert und die Verantwortlichen würden sich schon um alles kümmern, was notwendig war.

Er richtete sich im Bett auf und zog den Rollladen ein Stück hoch. Das Wichtigste war, dass er den Vortrag für die Vorlesung parat hatte, die Rede für die Museumseröffnung war in Fragmenten vorhanden und für die Tagung hatte er auch schon ein paar Ideen, aus denen sich relativ schnell etwas basteln ließ.

Juri schlug die Decke zurück und machte sich fertig. Frühstück mit Lea und Petr. Die beiden hatten ihn fröhlich angegrinst und wünschten ihm alles Gute für die Vorlesung. In der Universität lief er ständig StudentInnen über den Weg, die sehr beschäftigt waren und sehr viel zu besprechen hatten. Die Haus- und Abschlussarbeiten standen an, also versuchte jeder noch schnell sein Material zusammen zu bekommen und wichtige Absprachen zu treffen.

Doch davon abgesehen blieb sein Nachrichtenein-
gang merkwürdig ruhig, es war, als würde heute keiner
mehr arbeiten und alle wären schon im Urlaubsfeeling.
Juri trank noch ein paar Tassen Tee zur Beruhigung seiner
Nerven und dann ging es schon los. Wie schon an Semesterbeginn, welches so vielversprechend gestartet war –
neue Forschungen, neue StudentInnen, Marc, Konferenz,
Museum – so fühlte die Abschlussvorlesung sich ebenfalls
nach einem neuen Abschnitt an. Und in der Zwischenzeit
war so wahnsinnig viel passiert. Juri packte seine Tasche,
hielt noch einmal kurz inne und verließ schließlich sein
Büro, um sich auf den Weg zum Vorlesungssaal zu machen.

Als er sich dem Eingang näherte, fühlte sich das ge-
samte Gebäude wahnsinnig ruhig an. Als wäre er der einzige, der in der gesamten Hochschule noch anwesend war.
Wo war die Geschäftigkeit der StudentInnen von vorhin?
Kurz dachte er, ob sie nicht doch alle abgehauen waren,
um das schöne sommerliche Wetter draußen zu genießen.
Dann trat er zur Tür am Saal, drückte die Klinke runter
und öffnete sie. Es war immer noch alles still. Aber als er
hereintrat, sah er, dass über hundert Leute sich dort rein-
gequetscht hatten und auf den Stühlen, aber auch Gängen,
Treppenstufen und auf dem Boden saßen und standen,
wirklich jeder Zentimeter war bedeckt mit ZuhörerInnen,
und alle Blicke waren auf ihn gerichtet.

Juri brauchte ein paar Momente, um das Gesehene zu
verarbeiten. Er blickte durch die Reihen und sah… seine
StudentInnen, aber auch Marc, Neev, Ben, Serg, Lea und
Petr, Birte, Sonja und Tilda, aber dann… Steege, Kolja und
viele andere von seinen KollegInnen. Sie saßen ganz
vorne. Niemand sagte ein Wort und man hätte sicherlich

eine Stecknadel fallen hören können, so still war es. Juri lief ein paar Schritte zu dem Tisch in der Mitte, legte seine Tasche ab. Steege stand auf und ging durch die Reihen zu ihm. Sie umarmten sich mit festem Griff.

„Was machst du hier?", flüsterte Juri in sein Ohr, als sie sich noch festhielten.

„Wir sind alle für dich gekommen, einfach nur, um bei dir zu sein", erwiderte dieser und Juri musste sich bei den Worten anstrengen, um seine Fassung zu wahren.

„Danke", flüsterte er und sie lösten sich langsam, Steege setzte sich wieder an seinen Platz.

Juri räusperte sich, lehnte sich an den Tisch hinter sich und besann sich darauf, seine professionelle Persona nach vorne treten zu lassen.

„Ich bin überwältigt davon, wie viele von euch heute hierhergekommen sind", Juri blickte durch den Saal und die Menge der Leute wirkte aus dieser Perspektive noch beeindruckender. Das ganze letzte Semester lief im Schnelldurchlauf vor seinem inneren Auge ab. Die erste Vorlesung, die Konferenz, die Kanalisation. Die Einsamkeit und Verwirrtheit dort, das Fallen in eine Unterwelt, in der er nur noch Schemen erkennen konnte. Und dann das hier.

„Ich begrüße euch zu meiner letzten Vorlesung in diesem Semester", Juris Stimme zitterte und er meinte zu spüren, wie die ganze Welt auf ihn blickte. Jedenfalls in diesem Moment. Und da er gleichzeitig die ganze Welt war, so blickte er auch auf sie und sie waren eins. Gänsehaut rauschte über seinen Nacken und er schloss für einen Moment die Augen. Eine nie vorher dagewesene Verbundenheit zog und zerrte an ihm.

„Ich bin Juri Myslitel", er öffnete die Augen wieder, „und ich möchte euch heute einen kurzen Rückblick auf das vergangene Semester, den Status Quo der Forschung an unserer Universität und einen möglichen Ausblick auf die kommende Zeit geben."

Juri räusperte sich und verschränkte lose die Hände vor sich.

„Eine über alle Maßen engagierte Studierendenschaft hat in diesem Semester die Forschung im Themenkomplex Verbindung und Resonanz im gesellschaftlichen, politischen und globalen Kontext maßgeblich vorangetrieben und neue Impulse und Akzente in diesem Bereich gesetzt. Dabei fanden diese Arbeiten größtenteils unter erschwerten Bedingungen statt und mussten sogar teilweise reduziert oder unterbrochen werden." Juri machte eine kurze Pause und blickte in die Runde. „Deswegen bin ich besonders stolz auf die diesjährigen Ergebnisse, die zusammengetragen wurden und demnächst im Rahmen von Hausarbeiten, Abschlussarbeiten, Vorträgen und Zeitschriftenaufsätzen präsentiert werden. Dabei ist mir aufgefallen, dass viele der Studierenden neue und unkonventionelle Wege gewählt haben, um Welt zu begreifen und in Texte und Narrative zu transformieren und im gleichen Zug neue Welt zu produzieren, die wieder aufgegriffen werden kann. Dabei wurde deutlich", Juri stand auf und lief zur rechten Seite des Saals, „dass diesmal Abbrüche, Kurzschlüsse, Auseinanderfallen, Stocken und Verstummen von Welt eine größere Rolle als sonst gespielt haben, sowohl im internationalen als auch im persönlichen Kontext. Immer wieder brodeln diese Themen unter der Oberfläche, auch unter dieser Stadt – ich konnte mich persönlich davon überzeugen – und wurden bei Gelegenheit nach oben geschwemmt."

Im Publikum war ein verhaltenes Lachen zu hören. Juri hielt kurz inne und lief auf die andere Seite des Saals.

„Dabei treten meiner Meinung nach besonders hier die neuralgischen Stellen von Gesellschaft in den Vordergrund, werden sichtbar und können ganz neu beobachtet und eingeordnet werden. Auch wenn mir bewusst ist, dass Mela hier eine Außenseiterposition im wissenschaftlichen Diskurs einnimmt: Für mich war und ist immer klar gewesen, dass an den unsauberen Abbruchkanten von Konflikten, an illegitimen Grenzüberschreitungen, an den verborgenen und verschollenen Geschichts-Resten, an dem Unaussprechlichen, an dem überbordenden Kontrollverlust und der zerschmetternden Überforderung abgelesen werden kann, wie dieses komplexe Gebilde, dieser Organismus von Welt konstituiert und jeden Moment reproduziert wird."

Juri lief wieder zurück zu seinem Tisch und setzte sich halb darauf, holte seine Flasche Wasser und nahm einen Schluck.

„Aber dabei bleibt es nicht", fuhr er fort. „Es wäre eine schöne Beschäftigung, sich mit Weltbeobachtung und Weltbeschreibung zufrieden zu geben. Sowohl im globalen Kontext, als auch auf lokaler Stadtebene, aber auch auf einer individuellen Ebene geht es mir bei diesen Auseinandersetzungen auch darum, aufzuzeigen – und das ist auch ein altes Erbe meiner Herkunft – dass nicht die Nahrungsmittelproduktion und schon gar nicht die Weltproduktion denjenigen Strukturen überlassen werden kann, die durch bewusste Abbrüche und Diskursverbote große Teile von florierender und atmender Gesellschaft zerschmettern und in den Untergrund oder in tote Winkel treiben, um Vorherrschaft und Kontrolle herzustellen, um über Kontrollverluste hinwegzutäuschen und in einem perfiden Spiel schwächeren Teilen der Gesellschaft eine selbstverschuldete Sprachlosigkeit und mentale Überforderung einzureden."

Juri hielt kurz inne und atmete ein paar Mal tief ein und aus. Dieses Thema nahm ihn emotional mit, auch wenn er das eigentlich verhindern wollte. Aber die Zuhörerschaft schien seinen Ausführungen zu folgen, das war schon mal ganz gut. Es war schon lange her, dass er vor so vielen Leuten in Präsenz gesprochen hatte, es klappte aber besser, als er gedacht hätte. Eine eigenartige Stille lag in diesem vollgestopften Raum und Juri fühle den Spannungsbogen in seinen Händen, wie er ihn zog und schob, es war eine wunderbare Tätigkeit.

„Auch wenn ich für meinen Geschmack erstmal genug mediale Aufmerksamkeit hatte, so würde ich mir für die Zukunft, für das nächste Semester, für die weitere Forschung wünschen, dass wir als Universität uns noch mehr mit den anderen Fakultäten und Institutionen austauschen, dass der wissenschaftliche Diskurs sich stärker den gesellschaftlichen Bruchstellen zuwendet und dass viele unmittelbare, kreative und unkonventionelle Arbeiten und Forschungen entstehen und eine Stimme finden."

Er deutete eine Verbeugung an, um das Ende seiner Rede zu markieren und das Publikum verfiel sofort in ein Klopfen, Klatschen und Stampfen, welches nicht aufzuhören schien. Ein paar Leute in der letzten Reihe standen auf und pfiffen. Juri lächelte dankbar und deutete mit der Hand an, dass wieder Ruhe einkehren sollte.

Er ging noch auf ein paar geplante Lehrveranstaltungen ein, stellte die Publikationen vor, die in den Startlöcher standen und beantwortete ein paar Fragen aus der Zuhörerschaft. Und dann war die Veranstaltung auch schon zu Ende. Die Menge klatschte wieder, sodass Juri so breit lächeln musste, dass sein Gesicht weh tat.

Als die Veranstaltung sich aufzulösen begann, kamen wahnsinnig viele Leute zu ihm nach vorne und redeten alle durcheinander. Besonders mit seinen KollegInnen, mit denen er schon seit Jahren keinen vor-Ort-Kontakt gehabt hatte, gab es viel zu besprechen und viele Fragen zu beantworten.

„Wir bleiben die ganze Woche", strahlte Steege ihn an, „wir, wollten uns die Museumseröffnung nicht entgehen lassen."

„Wow", konnte Juri nur von sich geben. „Habt ihr Unterkünfte?"

„Zentrale Dienste hat alles für uns organisiert", Steege nickte zufrieden, „du hast da wohl ein paar Fürsprecher", zwinkerte er ihm zu.

Juri schaute sich um, ob er irgendwo Neev, Marc oder Kora entdecken konnte, sah sie aber nicht mehr.

„Jetzt kann ich es dir ja sagen: wir haben zusammen ein ganzes Programm auf die Beine gestellt, es war etwas geheim, um dich zu überraschen, um dir eine Freude zu machen", fuhr Steege fort.

„Danke, ich bin überwältigt", Juri nahm seinen Freund noch einmal in den Arm. „Danke, das bedeutet mir sehr viel", flüsterte er in sein Ohr. „Was macht ihr alle heute Abend, was habt ihr vor?", sie lösten sich wieder voneinander.

„Wir sind mehr oder weniger zehn Minuten vor deinem Vortrag hier angekommen", erklärte Kolja, der mit ein paar Dutzend Leuten um Juri herum stand. „Ich denke wir kommen heute erstmal an, beziehen unsere Quartiere und starten morgen früh mit Aktivitäten."

„Das klingt sehr gut", stimmte jemand ihm zu und alle begannen wieder wild durcheinander zu reden, was wann geplant war.

„Bist du dir sicher?", Juri wandte sich an Steege.

„Ich weiß, du brauchst jetzt eine Pause", las Steege seine Gedanken. „Ich freue mich sehr auf morgen, ich schicke dir die Details über den weiteren Ablauf", er lachte.

„Also gut. Ich denke, ich falle gleich mehr oder weniger in mein Bett", atmete Juri aus, verabschiedete sich noch von allen und machte sich auf den Heimweg.

22

Nachdem Juri zu Hause angekommen war, schloss er dir Tür hinter sich und lehnte sich dagegen. Das war intensiv gewesen. Er war froh, dass Lea heute bei einer Freundin übernachten würde und morgen mit ihr zur Schule ging und Petr sowieso sein eigenes Ding machte, Juri sich also voll und ganz fallen lassen konnte.

Dass so viele seiner KollegInnen vor Ort waren, das musste er erstmal verarbeiten. Er hätte nie gedacht, dass sie alles stehen und liegen lassen würden und von allen Kontinenten her für ihn anreisen würden. Das konnte er einfach nicht fassen. Juri fühlte sich so sehr gesehen und umsorgt wie noch nie in seinem Leben.

Er ging hoch und zog sich ein T-Shirt und eine bequeme Hose an, lief danach barfuß in den Garten und spürte den Wind auf seiner Haut, den Rasen an seinen Füßen und die Abendsonne in seinem Gesicht. Er wusste nicht, wie lange er da gestanden und einfach nur die Welt in sich aufgenommen hatte, als es an der Tür klopfte.

Juri schlenderte zurück und er fragte sich, ob es Stella oder jemand aus der StudentInnen-WG oder Steege oder eine von Leas Freundinnen war und öffnete die Tür. Marc stand vor ihm. Ein paar Momente lang schauten sie sich bloß an.

„Ich hoffe, ich komme nicht ungelegen", sagte Marc auf einmal.

„Nein, auf keinen Fall", erwiderte Juri und trat zur Seite, sodass Marc reinkommen konnte.

Er ging hindurch, Juri schloss die Tür hinter ihm und sie blieben in dem engen Flur stehen, dessen Boden bevölkert war von ungefähr zwanzig Paar Schuhen der BewohnerInnen, die meistens achtlos liegen gelassen wurden.

„Es tut mir leid, dass ich mich nicht schon früher gemeldet habe", Marc knetete seine Hände. „Ich…"

„Willst du dich setzen?", Juri zeigte auf das Wohnzimmer und Marc zog seine Schuhe aus, lief zum Sofa.

Juri nahm den Umweg über die Küche, holte zwei Gläser Wasser und kam zu Marc, setzte sich neben ihn. Marc nahm eines der Gläser und trank ein paar Schlucke.

„Ich habe mir die Zeit genommen, um zu beobachten, zuzuhören, zu verarbeiten", Marc stellte das Glas auf die Fensterbank. „Und ich muss sagen, ich war beeindruckt", er schaute zu Juri rüber.

„Von?", Juri stellte sein Glas ebenfalls ab.

„Von den Büchern, die du für mich ausgesucht hast. Von deinen StundentInnen und ihren Forschungen. Von deinem Gespräch mit meinen Schwestern. Von deinem Vortrag. Von den Blaubeermuffins", er lachte.

„Ich habe nicht einen von denen abbekommen", murmelte Juri empört. „Angeblich habe ich zu wenig gelitten und zu viele Leute im Stich gelassen."

Marc lachte und ihre Arme berührten sich dabei.

„Ich habe mich gar nicht so sehr von dir im Stich gelassen gefühlt", sagte Marc wieder ernst und ließ seinen Kopf nach hinten auf das Sofa fallen. „Es war mehr so das unspezifische Gefühl, dass nichts mehr richtig funktioniert, dass Dinge verlaufen und sinnlos sind und nichts mehr mit mir zu tun haben."

„Und jetzt?", Juri drehte seinen Körper und saß Marc zugewandt.

„Es ist, als ob in den letzten Wochen viele neue, vorher nicht dagewesene…", er gestikulierte mit seinen Händen, „…Fäden und Knoten und Stränge geknüpft wurden, als ob ein neues Nervensystem meinen Aktionsradius durchzieht, als ob so viel pulsiert und die alte Haut abgeworfen wurde und eine neue Welt geboren wird und man darf dabei zuschauen."

„Das hört sich gut an", Juri legte seinen Kopf auf seinem eigenen Arm ab und beobachtete, wie Marc strahlte.

„Es hat wahrscheinlich damit zu tun, dass ich nach der Operation über Wochen starke Schmerzen hatte und die uns zur Verfügung stehenden Medikamente nicht gut geholfen hatten…", er schloss die Augen und zog sein Gesicht zusammen. „Als es dann endlich anfing, besser zu werden, war es… als ob ein neues Leben begann. Ich konnte das erste Mal wieder schmecken, hören, laufen, überhaupt… alles wahrnehmen. So etwas habe ich noch nie erlebt."

„Es tut mir leid, dass du da durchgehen musstest. Ist dein Arm, deine Schulter wieder voll funktionsfähig?"

„Fast. Aber gerade die letzte Woche war wirklich gut, so gut wie schon lange nicht mehr. Ich wusste nicht, ob ich das nochmal erleben würde."

Sie saßen eine Weile so da und Juri genoss einfach nur, dass sie wieder miteinander sprachen und ganz viel Zeit und Ruhe hatten, um sich aufeinander einzulassen. Schließlich drehte Marc sich zu ihm hin, fuhr mit seiner Hand durch Juris Haare und Juri schloss die Augen. Spürte Marcs Lippen auf seinen und seine zweite Hand an seinem Hals, schließlich Marcs ganzes Körpergewicht auf ihm, er war auf ihm und über ihm und hatte Juris ganzen Körper unter seiner Kontrolle. Sie kamen kurz auseinander und Marc setzte sich nach hinten auf Juris Ober-schenkel.

„Du glaubst gar nicht wie viel Willenskraft es mich in der letzten Woche gekostet hat", Marc schnappte nach Luft, „nicht einfach loszurennen und hierher zu kommen und dich zu überwältigen", er grinste.

„Ich wusste nicht…", Juri versuchte seine Gedanken zu sortieren, „…ob du noch etwas mit mir zu tun haben wolltest."

„Machst du Witze?"

„Sollte ich das an deinen stoischen Blicken ablesen?", Juri hob eine Augenbraue.

„Nein, natürlich nicht", Marc klang versöhnlich und strich über Juris Drei-Tage-Bart. „Ich wollte dich nicht auf-laufen lassen oder so. Aber… bevor ich mich wieder auf dich einlassen wollte…", er schluckte und senkte den Kopf, „wollte ich sichergehen, dass du für mich da bist."

„Du musst nichts erklären", Juri zog ihn zu sich heran, sodass sie sich umarmten. „Nach diesem Schuss…", seine Stimme zitterte.

„Ich bin in der Notaufnahme aufgewacht", flüsterte Marc in sein T-Shirt. „Theo war da und ziemlich schnell Neev, sie ist nicht von meiner Seite gewichen. Niemand wusste, wo du warst. Ich war mir sicher, dass du tot bist. Alle haben nach dir gesucht, es gab keine Spur. Wir hatten keine Ahnung, dass du in der Kanalisation umhergewan-dert bist."

„Ich auch nicht", seufzte Juri.

„Sind das verdrängte…", Marc hob den Kopf und suchte nach Worten, „… Fluchtreflexe?"

„Wahrscheinlich", Juri zuckte mit den Schultern. „Es war alles vermischt dort… wie in einer Parallelwelt, wo mein Ehemann gerade erst gestorben ist oder ich noch in Jaku lebe, ich kann es nicht beschreiben. Deswegen konnte ich nur noch meine Heimatsprache, als Serg mich gefunden hatte."

„Hmm", Marc richtete sich etwas auf und betrachtete ihn eindringlich.

Es war ein angenehmes Gefühl, einen ganzen Menschen auf sich zu spüren, mit seinem ganzen Gewicht auf Juris Beinen, mit seinen ganzen Muskeln und Knochen und der Haut. Juri schob seine Hand unter Marcs T-Shirt, woraufhin dieser ihn wieder ins Sofa drückte und mit seiner ganzen Präsenz Besitz von ihm nahm. Marc hatte diese Art, ihn wie selbstverständlich zu überwältigen und in ihm das Bedürfnis zu wecken, sich ihm kompromisslos hinzugeben.

„Wir sollten hochgehen", keuchte Marc schließlich und Juri war sehr damit einverstanden.

Sie nahmen sich an den Händen und liefen die Stufen hoch.

„Ich...", murmelte Juri dabei und versuchte die Worte in seinem Mund umzuwälzen, um herauszufinden, was er sagen wollte.

„Wenn es zu viel, zu schnell ist...", Marc runzelte die Stirn.

„Nein", sie waren oben angekommen und Juri schloss die Tür hinter ihnen. Im Zimmer war es halbdunkel, da immer noch etwas Licht von draußen reinkam. Er legte seine Hände auf Marcs Schultern. „Ich... es ist..."

„Sprich mit mir. Für unser Zusammensein brauchen wir ganz viele Worte, Gespräche, Erklärungen, Artikulation, explizite Formulierungen, jedenfalls ich brauche das."

„Gut", Juri nickte und beugte sich nach vorne, um zu flüstern. „Es ist verdammt lange her, dass ich mit jemandem zusammen war, könnten zehn Jahre gewesen sein. Und vorher war es auch nur mein Mann…", er verzog sein Gesicht, weil er Angst hatte, alles ruiniert zu haben. Das alles klang nicht nach einer gestandenen Person mit Mitte vierzig, was, wenn Marc so jemanden nicht wollte?

„Hmm", machte Marc und zog Juris T-Shirt über den Kopf. „Ist es dir recht, wenn ich die Initiative ergreife?", er fuhr mit einem Zeigefinger über Juris Brustkorb.

„Ja", atmete Juri.

„Sodass du nicht viel nachdenken musst, die Kontrolle abgeben kannst?"

„Hmm", Juri versuchte nicht zu hilflos zu klingen.

„Muss man dich fixieren, damit du nicht wegläufst?"

Juri lachte ein „vielleicht". Meine Güte, Marc hatte nicht damit übertrieben, dass er alles artikulierte.

Marc küsste seine Schulter und schaffte es fast mühelos, Juris restliche Kleidung abzustreifen, sodass er komplett unbekleidet vor ihm stand.

„Du bist wunderschön", flüsterte Marc und Juri überkam ein Schauer am ganzen Körper.

Marc manövrierte ihn ins Bett und war wieder über ihm, hielt seine Handgelenke in einer Hand über Juris Kopf fest, küsste ihn und wisperte noch mehr in sein Ohr, seinen Hals, seinen Brustkorb, bis Juri sich verlieren konnte.

23

„Ich fahre jetzt noch kurz ins Büro, um ein paar Sachen zu erledigen, wir sehen uns dann später irgendwann, oder?", fragte Marc und tippte auf seinem Taschencomputer, als sie am nächsten Morgen in der Bahn auf dem Weg in die Innenstadt saßen.

„Ich treffe Steege gleich im Park und heute Nachmittag ist auch schon etwas geplant, nicht?", Juri schaute aus dem Fenster.

„Wir haben versucht etwas Programm auf die Beine zu stellen, um deine Leute zu beeindrucken", grinste Marc. „Wenn schon das Semesterende, die Eröffnung und die Tagung zusammenfallen, dann kann man das mit ein paar Feierlichkeiten verbinden. Also gibt es die ganze Woche Theater, Musik, Tanz, Lesungen und Kunst zu sehen. Ist das in deinem Sinne?"

„Absolut", Juri schaute Marc an, wie er ihm gegenüber saß und konnte immer noch nicht glauben, dass alles so eine Wendung genommen hatte.

„Sag mir ruhig, wenn es zu viel wird", Marc legte seinen Computer weg. „Ich überlege mir Sachen, von denen ich ausgehe, dass sie gut sind, aber so muss es sich ja nicht für dich anfühlen. Bitte scheu dich nicht, es mir zu sagen. Ich will nicht, dass du einfach mitgehst, weil du mich nicht verletzten willst oder so."

„Hmm, ich glaube das fällt mir in der Tat schwer…", überlegte Juri.

„Warte", Marc beugte sich nach vorne. „Ging es dir gestern auch so? Wenn ich irgendwelche Grenzen überschritten haben sollte…"

„Nein", rief Juri bestimmt. „Das war…", er fuhr sich mit der Hand über das Gesicht, „überwältigend, verrückt, wahnsinnig intensiv und nah… es war locker die beste Nacht, die ich je hatte."

„Wow", Marc schluckte.

„Verdammt, klingt das jetzt bemitleidenswert?"

„Oh nein", Marc setzte sich neben ihn und vergrub sein Gesicht in Juris Nacken. „Sowas kannst du ruhig öfter sagen, das ist Musik in meinen Ohren. Hmm, erzähl mir, was dir am besten gefallen hat…"

„Nicht hier", Juri schob ihn spielerisch weg.

„Okay, aber später, versprochen?", sie hielten sich fest und kabbelten miteinander.

„Du bist unmöglich", stellte Juri fest.

„Oh, das sagst du jetzt, aber ich weiß ganz genau, wie du mich später anbetteln wirst, dass ich…", weiter kam Marc nicht, Juri hielt ihm den Mund zu.

„Wage es nicht", rief Juri, „in dieser Bahn könnten meine Studenten sitzen. Oder die Eltern von Leas Freundinnen oder was weiß ich wer", lachte er und schaute sich im fast leeren Abteil um.

Marc nuschelte irgendwas in seine Hand und sie beide begannen zu lachen.

„Okay, ich muss raus", Marc küsste ihn sprang auf. „Bis später."

Und weg war er.

„Ich habe das Gefühl, dir geht es richtig gut?", bemerkte Steege, als sie im Park auf einander zugingen.

Juri versuchte sein Dauergrinsen unter Kontrolle zu bekommen, aber es war fast unmöglich. Er konnte die

Frage gar nicht beantworten, ohne dabei rot anzulaufen und vor sich hin zu stottern.

„Marc ist wirklich ein toller Typ", fuhr Steege fort und zwinkerte ihm zu.

„Ich weiß wirklich nicht, was er dann mit mir will", Juri wurde wieder ernst.

„Also, jetzt halt mal die Klappe", rief Steege und gab Juri einen kleinen Stoß in die Schulter.

„Was ist hier los?", Kolja kam dazu und aus allen Richtungen kamen seine KollegInnen zu ihnen geströmt, fingen an, durcheinander zu reden.

„Juri mal wieder", Steege schüttelte den Kopf. „So, mein Lieber", alle wurden ruhig, hörten ihm zu. „Das hier ist deine Woche. Ich würde vorschlagen du zeigst uns jeden Winkel der Stadt, stellst uns jedem vor, den du kennst, bis du dir den Mund fusselig geredet und die Füße platt gelaufen hast. Ich will nichts verpassen. Wir wollen sehen: dein Haus, deine Uni, deinen Freund, deine Bibliothek, deine Stadt. Alles klar?"

Der ganze Tag verlief wie in einem Rausch. Juri erzählte, erklärte, zeigte, hörte zu, diskutierte, nur unterbrochen durch Aufführungen von SchülerInnen, Konzerten von Bands, Buchvorstellungen in neuen und alten Bibliotheken und Aufführungen von modernen Tanz im Park, auf der Straße und in Höfen. Meistens waren so zwanzig KollegInnen dabei, immer wieder wechselnd gingen ein paar Leute und neue kamen hinzu.

„Ich bin so froh, dass alles geklappt hat", resümierte Steege, als Juri ihn am späten Abend zu der Wohnung brachte, in der er diese Woche bleiben würde. „Bis vor kurzem sah alles noch ganz anders aus."

„Meinst du, von Maana kommt noch etwas?", fragte Juri. „Momentan ist der Konflikt sehr ruhig. Ich hab irgendwie das Gefühl, das trügt, da kommt noch was."

„Das kann keiner wissen", Steege zuckte mit den Schultern. „Auf jeden Fall hast du mit einem recht, die Probleme mit Maana sind struktureller Art, auch meine Region ist nicht verschont von rigiden Wertvorstellungen, auch wenn sie nicht religiöser Natur sind."

„Ich weiß, was du meinst. Neev, die vor ein paar Jahren hierhergekommen ist, hat mir davon erzählt."

„Du solltest uns vorstellen, ich würde mich gerne mit ihr darüber austauschen."

„Gerne, vielleicht morgen bei der Eröffnung?"

„Gute Idee", Steege kratzte sich am Bart, „bist du schon nervös?"

„Ich bin immer nervös bei solchen Sachen. Reden vor vielen Leuten und seit das mit der Konferenz war…"

„Kann ich verstehen. Aber am Montag warst du top. Der ganze Raum war wie elektrisiert."

„Da bin ich mehr in meinem Element, in dem Hörsaal, das ist…", er rieb die Finger aneinander, weil er das Gefühl schwer beschreiben konnte.

„Magie", half ihm Steege.

„Werd nicht kitschig", Juri schubste ihn und sie lachten.

Als es Zeit war, auseinander zu gehen, blieben sie stehen.

„Danke, dass du das hier auf die Beine gestellt hast", sagte Juri. „Du warst immer an meiner Seite, egal was… ich kann mich immer auf dich verlassen, ich weiß das wirklich zu schätzen."

Sie umarmten sich heftig.

„Nächstes Jahr kommst du zu mir, okay?", Steege schaute ihn eindringlich an. „Mit Marc und Lea und Petr, versprochen?"

„Versprochen", nickte Juri und sie klopften sich gegenseitig auf die Schultern. Wenn Lea das hören würde, würde sie ausrasten vor Freude, dachte er sich und grinste.

Sie verabschiedeten sich und Juri blieb noch eine Weile stellen, um Steege in der Dunkelheit nachzuschauen. Er strich sich über das Gesicht. Was für ein wahnsinniges Glück er mit den Leuten um sich hatte, das war schon verrückt. Dann drehte er sich um und schlug den Weg zu Marcs Wohnung ein. Als er dort ankam, gab er Marcs Code ein, schlich sich in die Wohnung, zog sich Hose und Hemd aus und kroch zu ihm unter die Bettdecke. Es dauerte noch lange, bis er endlich einschlief, denn das alles war einfach noch zu surreal.

24

„Hier geht es nicht um mich, hier geht es um diese einzigartige und verrückte Stadt Mela, die schon so viel durchgemacht hat, und dabei nicht immer gestärkt, aber immerhin irgendwie hervorgegangen ist und jetzt und heute lebt und gedeiht und pulsiert", setzte Juri an und schaute durch die Zuschauermenge auf dem Marktplatz, wo sie die Eröffnungsveranstaltung hin verlagern mussten, weil es im Museum zu eng geworden wäre.

Da der Markt nicht rechtzeitig abgesagt werden konnte, riefen ein paar Händler zwischendurch „Gurken im Sonderangebot" oder „selbstgemachte Johannisbeermarmelade direkt vom Erzeuger" und Juri musste immer wieder schmunzeln und den Kopf schütteln.

„Ich hatte die Ehre, die Geschichte von Mela aufzuarbeiten und zu präsentieren und ich hoffe, dass es mir einigermaßen gelungen ist, denn die Entwicklungslinien von Mela sind keine linearen, keine zielgerichteten, keine schwarz-weißen. Sie sind voller Widersprüche, Sackgassen, Verschiebungen und Stagnationen, so wie es in großen und komplexen Organismen nun mal so ist. Sie sind oft unbeweglich, überbürokratisiert, nicht anpassungsfähig, aber auch stabil, standhaft und resistent", Juri hielt kurz inne und nahm einen Schluck Wasser.

„Schon in den ersten Entstehungstagen von Mela waren Zerreißproben an der Tagesordnung. Wie konnte eine selbstorganisierte Stadt, die als Zuflucht vor autoritären Gesellschaftsordnungen fungieren und traumatisierten BürgerInnen einen sicheren Ort bieten wollte, funktionieren? Wie konnte die Anbindung an den Weltmarkt aussehen? Wie positionierte die Stadt sich politisch, ohne von den Großmächten zermalmt zu werden? Exakt diese Fragen spielten letztes und dieses Jahr eine wichtige Rolle, als der Konflikt um Maana aufflammte und wir zuerst als Kommune und dann ich als Einzelperson zerquetscht zu werden drohte", er schluckte schwer, besann sich aber wieder darauf, nicht über sein persönliches Schicksal sprechen zu wollen. „Als ein Auftragskiller wochenlang durch unsere Straßen schlich, wusste keiner von uns damit umzugehen und es war nicht klar, ob wir als schusswaffenfreie Stadt dieser Gefahr ins Auge blicken können. Es gab Schüsse, es gab Blut, es gab Verletzte und die Frage bleibt unbeantwortet, ob das hätte verhindert werden können oder wir zu Recht auf unsere Werte beharrten", Juri strich sich durch die Haare und trat ein paar Schritte nach vorne.

„Deswegen lade ich euch ein, sowohl die BürgerInnen, als auch unsere momentan zahlreichen BesucherInnen aus aller Welt, sich selbst ein Bild davon zu machen, im und außerhalb des Museums. Herzlich willkommen im Mela-Museum und lasst uns zusammen das nächste Kapitel der Stadtgeschichte schreiben!"

Die Menge applaudierte und johlte und klatschte und Leute riefen irgendwas und er bekam Blumen in die Hand gedrückt, wurde umarmt, jemand schrie ihm ins Ohr, die Tomaten waren wohl auch im Angebot, man schob ihn durch die Menge, es wurden Fotos gemacht und er sprach in Mikros und lachte und war heiser, trank ein paar Schlucke Wasser, lief von A nach B und biss in ein Käsebrötchen vom Bäckerei-Stand und Marc flüsterte ihm etwas ins Ohr und sie lachten und dann ging es weiter und immer weiter und irgendwann war Juri auf einer Parkbank gelandet, erschöpft, aber glücklich.

„Wenn wir in dem Tempo weitermachen, dann bin ich Ende der Woche ein Matschhaufen", murmelte Juri vor sich hin.

„Oh, wir werden auf jeden Fall bis Ende der Woche so weitermachen", erwiderte Steege neben ihm fröhlich.

„Wer ist für diesen Irrsinn verantwortlich, ich will den Chef sprechen", Juri ließ seinen Kopf in den Nacken fallen.

„Ich denke, wir haben uns da alle zusammengetan, um die Verantwortung zu verteilen, verstehst du?", sagte Neev, auf der anderen Seite von ihm.

„Habe ich nicht schon genug gelitten?", empörte sich Juri.

„Nein", Lea stand mit Petr vor ihm, „das ist genau richtig so, raus aus der Komfortzone", forderte sie.

„Es gibt kein Entkommen", stellte Juri fest.

„Das kannst du vergessen", Marc stand hinter ihm und legte seine Hände auf Juris Schultern.

„Hast du die Kanaldeckel etwa versiegeln lassen?", erkundigte sich Neev.

„Nein", Marc klopfte auf Juris Schulter, „wir werden jetzt gleich alle zu meinem Konzert gehen. Mein erster Auftritt seit dem Attentat. Ich bin schon etwas nervös, hoffentlich klappt alles. Auf jeden Fall, Juri wird mich gleich spielen sehen und will danach nie mehr von meiner Seite weichen."

„Ist das so?", Juri drehte seinen Kopf nach oben.

Marc schob ihn wieder nach vorne und lachte.

„Also, los geht's", Steege reichte ihm die Hand und zog ihn hoch.

Sie standen alle auf und schlenderten davon.